I HATE YOU, HONEY

von Emma Smith

AF186821

Für I.

Und für all diejenigen,
die es nicht anders kennen ...

Impressum
Jasmin Schürmann/Emma Smith
Marga-Meusel-Straße 25
45711 Datteln

Lektorat/Korrektorat: Katrin Schäfer
2. Korrektorat: Anna Werner
Cover/Umschlaggestaltung: Sabrina Dahlenburg
Satz & Layout: Laura Newman
- design.lauranewman.de -

Herstellung und Verlag: BoD – Books on Demand, Norderstedt
ISBN: 978-3744840200

AMBER

Oh mein Gott. Ich stand wirklich hier. Wie viele Jahre hatte ich davon geträumt? Endlich erwachsen, endlich weiterzukommen. Endlich ... auf dem College.

Als würde das Wetter genauso glücklich über den heutigen Tag sein, strahlte die Sonne. Keine einzige Wolke war am Himmel zu sehen. Ein perfekter Tag.

Ich fand mich schnell zurecht. Vermutlich lag es daran, dass ich das Berkeley-College immer mal besucht hatte. Die Schlangen, um sich in die Seminare einzuschreiben, waren elend lang. Aber hey, diese Wartezeit war im Vergleich zu den vielen Jahren nichts dagegen. Also lächelte ich vergnügt, während ich darauf wartete, endlich meine Fächer wählen zu können.

Was Mom und Zoe wohl gerade machten? Ich zweifelte immer noch ein bisschen, ob die beiden allein zurechtkamen. Klar, sie waren nicht aus der Welt. Wenn etwas wäre, könnte ich in den nächsten Zug springen und wäre bei ihnen. Aber Mom war so begeistert gewesen, so fest davon überzeugt, dass alles klappen würde, dass ich selbst daran glaubte.

Ich war so in meine Gedanken vertieft, dass ich es nicht kommen sah. Jemand rempelte mich von hinten an, sodass ich fast nach vorne auf mein Gesicht gefallen wäre, hätte ich mich nicht mit den Händen abgestützt.

Was zum Teufel ...

»Hey!« Ich machte mich darauf bereit, demjenigen mal zu sagen, dass er besser aufpassen sollte, als ich die drei Gorillas entdeckte. Sie blickten den Jungen an, der zu Boden gefallen war und sämtliche Bücher verloren hatte.

Die Gorillas beobachteten ihn dabei und grinsten.

»Alles okay? Hier.« Ich hob sein letztes Buch auf und schaute den Jungen, der wirklich nicht viel älter als 16 aussah, fragend an.

»S-sicher«, stotterte er und griff sich sein letztes Buch. Er zitterte leicht, als er endlich aufstand und die Bücher in seinen Rucksack stopfte.

»Du solltest dich noch mal anstellen, mein Freund. Du willst ja nicht, dass noch mehr auf den Boden fällt.« Ganz sicher war er nicht von selbst hingefallen.

Wie bitte?

Der Akzent von diesem Kerl war hörbar da, und dann sah er noch so gut aus. Aber das war es auch schon. Er stand hier mit seinen zwei Bodyguards und piesackte schon am ersten Tag andere Studenten.

Und leider Gottes wollte der Junge schon die Schlange verlassen, ich hielt ihn jedoch auf.

»Hey, du musst nicht gehen.«

Er blickte mich geschockt an. Seinem Gesichtsausdruck konnte ich ablesen, dass er nicht glauben konnte, dass ihm jemand helfen wollte.

»Misch dich da nicht ein, Frischling.« Der Akzent war wieder da, also wusste ich auch, wer von den Dreien mit mir gesprochen hatte.

»Stell dich ruhig vor mich«, sagte ich, drückte den Jungen nach vorne und beließ es dabei. Ich erwartete kein Danke. Noch nicht. Das war meistens so. Man suchte sich immer die Schwächsten raus. Diejenigen, die auf jegliche Dinge nicht gut reagierten. Weil sie es nie anders kennengelernt hatten. Weil sie Außenseiter waren.

»Seid ihr glücklich? Durch diese ganze Aktion seid ihr jetzt auch nicht schneller dran gekommen!« Ich verschränkte die Arme vor der Brust und starrte die drei an. Alle waren mindestens einen Kopf größer und zwei Meter breiter als ich. Aber hey, sie waren nicht die ersten großen Kerle, die mich mal am Arsch lecken konnten.

»Du bist ein Mädchen.« Der Dunkelhaarige blickte mich so irritiert an, dass ich mein Grinsen wirklich unterdrücken musste.

»Danke für die Information. Und du hast einen Schwanz. Falls du das noch nicht weißt. Gern geschehen.«

Der dritte im Bunde, der Blonde, schmunzelte, während der Dunkelhaarige puterrot anlief. Aber der mit dem Akzent starrte mich einfach nur wütend an. Er war der Anführer, das stand fest.

»Misch dich nicht ein, Frischling«, drohte er wieder.

»Ihr seid keine Frischlinge?« Ich schaute alle drei fragend an. »Oder steht ihr hier zum Spaß herum?«

Alle schauten etwas bedröppelt aus. Bingo.

»Dachte ich's mir doch!« Ich grinste selbstgefällig.

»Frauen, die denken ... bääh«, sagte der Dunkelhaarige. Er war mit Sicherheit der mit dem niedrigsten IQ.

Ich schüttelte den Kopf und drehte mich einfach um. Ja, es war nicht unbedingt klug, mich abzuwenden, aber der Junge vor mir war gerade am Tisch angekommen.

»Jetzt sagt sie gar nichts mehr.« Wieder dieser Akzent. Und dass er lächelte, war vorauszusehen, das musste ich nicht mal mit meinen Augen erkennen.

Ich war endlich dran und machte lächelnd meine Kreuzchen, nachdem ich meinen Namen gesagt hatte. Selbst diese Idioten konnten mir meine Laune nicht verderben.

Die Frau vor dem Tisch überreichte mir meinen Seminarzettel, doch bevor ich endlich weiter konnte, stellte sich der Größte, der mit dem Akzent, vor mich. Ich musste ziemlich hochsehen, um ihm ins Gesicht zu schauen.

Wow ... hatte der intensive Augen. Stopp! Aus, Amber!

»Du willst dir nicht schon am ersten Tag Feinde machen!«

Oh, Mann. Kannten diese Art von Idioten keinen anderen Spruch. Immer dasselbe. Langweilig. Ich schüttelte seufzend den Kopf und lief los.

»Wieder nichts zu sagen?« Er klang schadenfroh.

»Für manche Menschen fehlen mir einfach die Worte ... oder ein Baseballschläger. Sei einfach froh, dass ich heute keinen mitgenommen habe.«

Er grinste, während ich weiterlief.

»Werd ich mir merken, Amber Jenkins.«

Ich schnaubte und zeigte ihm den Mittelfinger. Vielleicht grinste er, vielleicht nicht. Von hier aus konnte ich das nicht genau sehen.

LASST DIE
KÄMPFE BEGINNEN ...

Drei Jahre später

BLAKE

Ich war absolut kein Morgenmensch. Seit ich denken konnte, empfand ich es als absolut übertrieben, vor dem Mittag das Bett zu verlassen. Aber College war College. Das Senior-Jahr war verdammt noch mal das wichtigste überhaupt. Also war ich zumindest in dieser Hinsicht zuverlässig. Ich hatte mir den verfluchten Wecker gegen halb acht gestellt, aber heute weckte mich leider Gottes etwas anderes. Das Kreischen begann von einer Sekunde zur anderen. Selbst das Kissen, das ich mir über den Kopf zog, half nicht, weil es mir einfach entrissen wurde.

»July? Ernsthaft, Blake?«

Ich blinzelte gegen die Sonnenstrahlen an, die diese Irre wohl hereingelassen hatte. Sie starrte mich mit Make-up verschmierten Augen hasserfüllt an und wartete tatsächlich auf meine Antwort. Dass sie mir dabei mein eigenes Handy direkt ins Gesicht hielt, war da noch nicht mal das größte Problem.

»Fuck. Wir haben erst halb sieben«, seufzte ich, als ich endlich die Uhrzeit lesen konnte.

»Das ist alles? Mehr hast du nicht zu sagen?«

Oh, diese Stimme. Was hatte ich mir noch mal gedacht, als ich Kelly angerufen hatte? Ach ja, eine schnelle Nummer, um den Druck abzulassen, aber natürlich musste dieses Biest wieder alle Register ziehen. Aus der schnellen Nummer wurde dann die Nacht der drei Nummern.

»Was willst du verdammt noch mal hören?« Ich rieb mir über mein Gesicht. Mann, war ich fertig.

»Dass da nichts läuft! Das will ich hören.« Tatsächlich stampfte sie mit ihren nackten Beinen auf wie ein kleines Mädchen. Das hätte bei irgendeiner anderen süß ausgesehen, bei Kelly war es ein Zeichen, das man nicht ignorieren durfte. Sie hatte geile Titten, ein schönes Gesicht und eine Topfigur. Ja, das war es dann aber auch schon. Und sie wusste es, ich wusste es. Der halbe Campus dürfte das auch schon bemerkt haben.

»Dann hast du die WhatsApp-Nachrichten wohl noch nicht gelesen.« Seufzend stand ich langsam auf. Solange die kreischende Irre hier war, konnte ich es vergessen, die Stunde noch zu pennen.

»Dann stimmt es also, was da steht. Ihr habt euch letztes Wochenende gedatet.«

Gedatet stimmte nicht ganz. Dates gab es bei mir nicht. Jedes Mädel wusste sofort, worauf ich hinauswollte. Nur Kelly war da begriffsstutzig.

»Wenn da steht, dass ich letztes Wochenende July gesehen habe, dann habe ich sie wohl getroffen.« Ich suchte in meiner Bude nach einem Shirt. Normalerweise wäre ich auch für einen Morgenquickie zu haben, aber leider musste Kelly mal wieder die feste Freundin spielen.

»Du Arschloch.« Irgendwas traf mich an der Schulter, dann fluchte sie wieder irgendeinen Scheiß, zog sich dabei an und ich bewunderte wie so oft ihren knackigen Arsch. Danach war sie aus meinem Zimmer verschwunden.

»Ging doch schneller, als gedacht.« Zufrieden über den schnellen Abtritt ließ ich mich zurück auf mein Bett fallen und genoss die Ruhe.

»Warum zum Teufel hat sich Kelly meine Cornpops geschnappt und sie in der Küche verteilt?«

Winters angefressene Stimme holte mich wieder aus meiner entspannten Haltung.

»Besser deine Cornpops als dich«, antwortete ich ihm und hielt die Augen geschlossen.

»Ernsthaft, such dir anderes Fickmaterial, Blake. Jedes Mal diese Drama-Scheiße ... Wenn du Druck hast, nimm die Erstsemester-Bienen, aber nicht die verrückteste Braut auf dem Campus.«

Ich öffnete die Augen und schmunzelte ihn an. »Die verrückteste Braut also?«

»Fang nicht schon wieder an!« Ich wusste ganz genau, was jetzt wieder kam, aber ich ließ es nicht dazu kommen. Eine Dusche würde mir guttun, mich wach werden lassen und die letzten Spuren von heute Nacht abwaschen.

»Du schuldest mir ›ne Packung Cornpops«, rief mein Mitbewohner mir zu, während ich ihn wie immer ignorierte.

Eine halbe Stunde später kam ich in die Küche, in der Winter irgendein anderes Zeug in sich hineinschaufelte. Vermutlich war er wieder mal bei seiner zweiten oder dritten Schüssel, und auch Nick saß am Tisch und hielt sich an den Ernährungsplan. Wir alle drei spielten Football. Es überraschte also nicht, dass wir ständig zusammenhingen und im dritten Semester dann auch eine Bude gemeinsam bezogen. Wir lebten nur wenige Blocks vom Campus entfernt und die Miete war günstig. Eine Win-Win-Situation.

»Morgen«, begrüßte ich Nick. Ich freute mich, keine verstreuten Cornpops mehr vorzufinden und öffnete den Kühlschrank, um mir wie immer die mickrige Auslage anzusehen.

»Ohne Scheiß, Blake. Ich freu mich ja, wenn du den Stress bei einer Braut ablassen kannst. Aber Kelly?«, fing jetzt auch noch Nick an. Ich roch an der halb vollen Milchpackung. Winter musste die benutzt haben, wobei das jetzt nicht hieß, dass sie deswegen noch frisch war ... aber man konnte sie noch als frisch durchgehen lassen.

»Hab ich was gegen deine letzte Eroberung gesagt? Die, die nicht an die Tür klopfen, sondern über die Fassade rein in dein Zimmer klettern wollte?«, stellte ich die Gegenfrage, während ich mir die Cornflakes-Packung nahm, mir etwas davon in die Schüssel kippte und Nick herausfordernd anschaute. Der seufzte und fuhr sich durch sein kurzes blondes Haar. Eigentlich zogen wir uns mittlerweile nicht mehr mit Storys auf. Weil wir nach drei Jahren einfach jeden kranken Scheiß schon erlebt hatten. Das klang vielleicht verrückt, aber wenn man gut aussah und Football spielte, war es Normalität geworden, dass die Frauen den Verstand verloren, nur um vielleicht mal die feste Freundin von ... zu werden. Bis auf einen aus dem Team war keiner von uns vergeben. Nie. Und dennoch war das nicht Aussage genug für diese irren Weiber. Wir alle wollten keine Beziehungen, nur leider checkten das die Bräute nicht.

»Das mit Tanya ist schon ewig her«, versuchte mein Kumpel sich herauszureden. Winter, der mit Vornamen Corey hieß, schob sich den Rest der Cornflakes in den Mund und schaute mich vielsagend an. Jepp, das dachte ich auch gerade.

»Einen Sommer ist das her, Nick.«

»Ja, und sie hält sich an meine Drohung, nicht mehr aufzutauchen.«

»Das Semester läuft seit einer Woche«, schnaubte Winter, nahm seine Schüssel und stellte sie in die Spüle.

»Hey, ich hab nicht dafür gesorgt, dass deine Cornpops leer sind«, verteidigte sich Nick.

»Ja, diesmal. Warum bringt ihr eure Weiber eigentlich immer mit? Vögelt sie im Auto oder in der nächsten Ecke. Dann können sie auch nicht morgens in der Küche ausrasten.«

Ja, Winters Vorschlag war absolut ernst gemeint. Und diese Idee hatte ich vor allem am Anfang oftmals umgesetzt, aber irgendwann verlor auch das an Reiz.

»Ich bring dir eine neue Packung mit«, schlug ich vor.

»Nichts anderes habe ich erwartet!« Winter stand an der Küchenzeile und schien auf uns zu warten. Das tat er immer. Wir fuhren zusammen zum College, hingen ab und trainierten bis abends.

»Der Coach war gestern echt sauer«, begann Winter das Thema, das ich um die Uhrzeit einfach noch nicht hören wollte.

»Kann man nicht einmal in Ruhe frühstücken?«, fragte ich gereizt und ließ den Löffel wieder in der Milch liegen.

»Du musst das klären, Blake. Du bist der Captain!« Nicht schon wieder! Ja, ich war der erfolgreiche

Quarterback und wusste, wie der Hase lief. Aber mich in das verdammte Liebesleben meines Running Backs einmischen?

Wobei wir dann schon bei dem Grund wären, weshalb ich das tun musste. Er war der Running Back und lief seit Wochen wie ein geschundener Idiot herum. Ich dachte, das würde sich nach dem Sommer legen, aber es wurde noch schlimmer. Und das spiegelte sich beim Training wieder. Jason war unkonzentriert, hörte nicht zu und sorgte für großes Getuschel im Team. Denn der Idiot sprach nicht darüber und das kotzte mich an. Egal welches Mädel es war, sie musste ihm so derart die Birne vernebelt haben … Familie hatte er nicht, lebte bei der Tante und schaffte es nur mit einem Sportstipendium aufs College.

»So werden wir ganz sicher nicht den Pokal holen«, mischte sich Nick noch ein. Ich seufzte. Was blieb mir anderes übrig?

AMBER

»Da bist du ja endlich!« Ich war nicht mal fünf Meter über
den Campus gelaufen, da kam mir meine beste Freundin
Jill schon grinsend entgegen. Ihr blondes Haar umspielte
ihr schmales Gesicht, dafür hatte sie untenherum immer
etwas mehr Hüftumfang. Sie fand sich selbst zu dick,
aber jeder hier wusste, wie toll Jill im Grunde war. Sie
war gütig, offen und verdammt noch mal die ehrlichste
Person, die ich auf dem College kennenlernen durfte.

Das Semester lief schon etwas über eine Woche, aber
ich musste mich zu Hause noch um einiges kümmern.

»Du siehst toll aus!«, machte ich ihr ein Kompliment
für ihr hübsches Aussehen. Jill trug ein farbiges Som-
merkleid, dazu etwas Make-up. Sie strahlte regelrecht
und lief dank meines Komplimentes dennoch rot an.
Das war meine Jill.

»Danke.«

»Du strahlst total. Ich hab doch nur eine Woche
verpasst. Was gibt‹s Neues?«

»Na ja ...«

Es war wie immer. Eigentlich hatte ich gehofft,
dass es sich nach diesem letzten Sommer legen würde. Aber nein, es war noch immer da. Dieses Gefühl,
diese Übelkeit, wenn *er* in der Nähe war.

»Hey, Amber.« Eva aus meinem Chemiekurs winkte mir begrüßend zu, ich erwiderte den Gruß nur beiläufig, weil mein Blick schon umherschweifte.

»Wenn du Jason suchst ...« Seufzend schüttelte ich den Kopf. Sie hatte das damals kurz vor Semesterende mitbekommen ... Dass ich und der Running Back des Colleges Kontakt hatten.

»Ich suche ihn nicht, Jill.«

»Wie? Ihr habt euch doch wie lange nicht gesehen?«

»Wir sind nicht zusammen«, erklärte ich ihr, während wir weiter zum Gebäude liefen, in dem wir wieder dieses Jahr zusammen Physikalische Theorie hatten.

»Ja, aber ...«

»Und wir kommen auch nicht zusammen.«

»Kommt ihr nicht?«, fragte sie jetzt eine Oktave höher, während wir ins Gebäude liefen und mich ein paar Leute grüßten.

»Nein«, seufzte ich, obwohl ich gewusst hatte, dass diese Fragerei kommen würde.

»Was hat der Scheißkerl getan?«, fragte Jill jetzt wütend und überraschte mich immer wieder, wie schnell sie ihre Emotionen ändern konnte.

»Nichts ... oder keine Ahnung, wir haben viel während des Sommers geschrieben und ...«

»Und?«

»Keine Ahnung, er ist so ... ich hätte es damals nicht gesagt, aber er spricht nur von sich.« Klang das vielleicht zu überheblich?

»Ah, gut ... das wundert mich nicht. Er mag vielleicht nicht so viele Verflossene auf dem Campus haben, jedenfalls wenn man das glauben mag, aber Jason ... na ja ... er ist Running Back.«

Mir war bewusst, was sie mir damit sagen wollte. Dass das jetzt keine große Überraschung war. Es war ja auch nicht so, dass ich verknallt war oder so was. Aber Jason hatte mich im Gegensatz zu anderen Kerlen immer gut behandelt und war nie aufdringlich. Deswegen hatte ich ihm auch meine Handynummer gegeben, als er kurz vor Semesterende danach fragte. Nachdem mir dann über den Sommer klar wurde, dass er lieber über *seine* Hobbys und *seine* Lieblingsspielzüge sprach, antwortete ich nicht mehr. Daraufhin ließ er mich erst recht nicht in Ruhe, aber irgendwann ignorierte man die Anrufe und Nachrichten einfach. Vor allem, wenn jetzt wieder das Semester begann, konnte ich die Nachrichten sehr gut ignorieren. Wäre er nur nicht auf demselben College wie ich.

»Es gibt halt gute Gründe, warum ich mich von solchen Typen fernhalten sollte.« Und bisher gelang mir das auch immer. Die Betonung lag auf bisher. Es lag auf der Hand. Ich war keine 18 mehr und konnte meine Sorgen irgendwo in die hinterste Ecke verstecken. Ich stand jetzt kurz vor meinem Abschluss und musste Verantwortung übernehmen. Nicht umsonst verbrachte ich den gesamten Sommer zu Hause, statt einen Job anzunehmen. Ich wusste, was auf mich zukam und machte mich innerlich bereit dafür, auch wenn ich es nicht wirklich war.

»Amber?« *Oh, nein. Nein. Nein und nochmals Nein.*

Die Tür zum ersten Kurs hatte ich schon fast erreicht. Aber als mein Name gerufen wurde, wusste ich, dass ich um das Gespräch nicht rumkam. Selbst Jill schien überrascht. Wir drehten uns um und standen Jason gegenüber. 1,90 m groß, braungebrannt, blondes Haar. Der typische Surferboy. Mit dem Unterschied, dass mich das nicht antörnte.

»Hey, Jason.«

»Kannst du uns kurz allein lassen?« Eigentlich sollte es wie eine Frage klingen, aber Jasons Aura, seine Haltung ... das war keine Bitte, sondern ein Befehl.

»Amber?«, fragte mich Jill und ich nickte daraufhin. Was sollte mir schon passieren? Wir standen im Flur.

Meine beste Freundin nickte seufzend und lief schon mal in den Seminarraum.

»Warum hast du mir nicht auf meine Nachrichten geantwortet? Nicht zurückgerufen? Weißt du, was ich mir für Sorgen gemacht habe?«

Ich öffnete den Mund, um zu antworten, aber wie immer kam er mir zuvor. »Ich hab nicht geschlafen, konnte nicht essen. Mir ging es einfach nur beschissen, Amber.«

Wieder wollte ich etwas sagen, aber natürlich war Jason schneller. »Mein Coach macht mich runter, weil es selbst beim Training nicht klappt, weißt du, was das für meine Karriere ...«

Schnell hob ich die Hand und besann mich wieder auf mein altes Ich.

Und tatsächlich hörte er auf zu erzählen.

»Ich muss tatsächlich den Fehler eingestehen, dass ich dir nicht zurückgeschrieben habe.«

Als wäre ich hier das Problem, nickte er verstehend. »Ich hätte dir viel eher sagen sollen, dass aus uns nichts wird.«

»Was?« Sämtliche Gesichtszüge entglitten ihm. Normalerweise hätte ich jetzt gelacht, aber Jason würde das sonst nicht verstehen.

»Wir haben uns nett unterhalten und ich habe dir meine Nummer gegeben, ja, aber das war ein Fehler.«

»Warum?«

Wie begriffsstutzig musste der Typ eigentlich sein?

»Was sind meine Hobbys?«

Jetzt runzelte er die Stirn, als hätte ich eine Frage gestellt, die er nur mit einem Doktortitel beantworten könnte.

»Meine Lieblingsfarbe?«

Immer noch starrte er mich einfach nur an.

»Du brauchst eine Frau, die genauso oberflächlich ist wie du. Der es egal ist, ob du ihr zuhörst oder nicht.« Ich machte eine Handbewegung, die das Gebäude einschloss. »Hier gibt es Hunderte, vielleicht sogar mehr von genau diesen Frauen. Aber ich gehöre nicht dazu, Jason.«

»Ich ... hab dich wirklich nicht nach deinem Hobby gefragt«, stellte er fest und schien tatsächlich über meine Worte nachzudenken. »Vielleicht ...« Mir war bewusst, worauf er hinauswollte. *Noch mal neu starten, es anders machen.* Doch ich schüttelte schnell den Kopf.

»Wenn du die Richtige triffst, dann wirst du genau diese Fragen beantwortet haben wollen. Es kommt von selbst und ...«

»Hey, McCoy!«

Diese Stimme kannte ich. Diese Stimme hasste ich. Drei Jahre lang hasste ich nichts anderes auf diesem Campus. Der schlechte Kaffee, die nervtötenden Hausarbeiten, notgeile Professoren ... das alles war zu ertragen, aber nicht die Person, dessen Stimme gerade Jason gerufen hatte.

Jason verdeckte mir kurzzeitig die Sicht auf ihn, dennoch drehten sich die Studenten, die in der nahen

Umgebung standen, schon nach uns um. Das war immer so. Jill meinte, es läge daran, dass wir beide zwei unterschiedlichen Seiten angehörten. Einmal die »Normalsterblichen«, und die, die sich für »zu gut« hielten.

Unsere Blicke trafen sich. Seine Augen wurden schmaler, seine Lippen pressten sich wütend aufeinander. Ja, ich durfte mich vermutlich als einzige Frau schimpfen, die von unserem Footballstar Blake Michaels abgrundtief gehasst wurde. Gut, das beruhte auch auf Gegenseitigkeit. Aber das war nichts Neues.

Blake blieb vor Jason stehen. Selbstverständlich waren Nick O'Donnell und Corey Winter wieder dabei. Die drei galten als die absoluten Frauenversteher, oder besser: Sie vögelten jede Frau, die sich ihnen anbot. Okay, fast jede.

»Sag jetzt nicht, dass sie der Grund für dein unkonzentriertes Spiel ist?«

Ich hasste seinen verdammten Südstaatenakzent.

Blake blickte mich mit so viel Verachtung an, dass es mich wie immer amüsierte. Es fing damit an, dass ich vor drei Jahren nicht mitansehen konnte, wie er und seine »tollen« Freunde einen Mitstudenten mobbten. Ich mischte mich ein und seitdem konnte ich nicht damit aufhören. Mittlerweile nervten sie nicht mehr so oft, aber dennoch gerieten wir oft aneinander. Vermutlich kam Blake nicht damit klar, dass ausgerechnet eine Frau ihn so aus der Fassung bringen konnte und es gar nichts mit Sex zu tun hatte. Er war ja mit seinen blauen Augen und den dunklen Haaren ganz nett anzusehen, viele sahen in ihm auch den heißesten Kerl des ganzen Colleges. Ich erblickte aber jedes Mal nur den arroganten Idioten, den er nur zu gerne seit drei Jahren verkörperte.

»*Sie* ist auch anwesend«, lächelte ich so falsch, dass Blake das auch genau wahrnehmen konnte.

»Hey, Amber«, grinste Nick mich an und ich winkte kurz. Er war seit letztem Jahr mein Laborpartner im Chemiekurs für Fortgeschrittene. Blakes Reaktion darauf war - wie so oft - ein entnervtes Schnauben.

»Ich hatte schon die Hoffnung, dass du endlich eingesehen hast, dass das College dir nichts mehr bringt. Aber dass ich auch nur einen Moment geglaubt habe, dass du so etwas wie Einsicht besitzt ...«, erklärte Blake und schüttelte enttäuscht den Kopf. Dann verschränkte er die Arme vor dem Oberkörper. Dass er dabei seine Muskeln anspannte und er nur ein enges Shirt trug, ignorierte ich. Denn so Typen wie Blake rochen Interesse auf eine Meile Entfernung. Und so etwas wie Interesse würde ich in Zusammenhang mit Blake niemals empfinden. Eher käme da tatsächlich noch Jason in Frage.

»Ich würde dir ja wirklich gerne zuhören, aber ... warte, nein, ich habe da dann doch kein Bock drauf«, konterte ich.

»Schlag dir die bloß aus dem Kopf, Jason.« Die Warnung war jetzt klar und deutlich. Blake warnte ihn also vor mir?

»Oh, komm schon, Mann«, war Jasons lachende Antwort.

»Wir haben das geklärt, mach dir keinen Kopf. Wobei ... ich will dir jetzt auch nicht zu viel zutrauen«, sprach ich dazwischen.

Blake knirschte mit den Zähnen.

»Sie hat dich abserviert?«, mischte der Größte von den vieren, Corey, sich ein.

Jasons Stimmung verdüsterte sich mit einem Schlag. Er wirkte ebenso wütend wie Blake.

»Wir sind Freunde«, erklärte ich noch.

Corey zog eine Augenbraue sehr, sehr hoch. Nick ließ sich gar nichts anmerken, er war auch vermutlich der Vernünftigste der Jungs, und Blake blinzelte mich so konzentriert an, als würde er irgendwas suchen.

»Du hast genug Freunde, McCoy.« Blake blickte jetzt seinen Football-Freund an.

»Gott, es waren nur SMS. Jetzt krieg dich wieder ein, Blake.« Ich suchte seinen Blick, den er sofort erwiderte.

»SMS? MMS? So was wie Nacktbilder? Mann, Amber, wenn du mal was richtig Schönes sehen willst, dann kann ich dir ...« Corey machte irgendwas Ekelhaftes mit der Zunge.

»Lass gut sein, Corey. Ich steh nicht so auf Miniaturbilder. Ich muss in meinen Kurs.« Mein Winken galt Nick und Jason, dennoch konnte ich das Grinsen aller in ihren Gesichtern ablesen, außer natürlich aus Coreys.

BLAKE

Jason sah Amber mit einem nachdenklichen Blick nach, während Winter noch immer darüber diskutieren wollte, was Amber eigentlich für ein Problem hatte.

»Kommst du jetzt mit?«, fragte ich Jason, und endlich schaute er mich wieder an.

»Er ist verknallt, jetzt lass ihn doch«, mischte Nick sich ein und wieder stellte ich mir die Frage, was an Amber so besonders sein sollte, dass ausgerechnet Jason seine Regel sausen ließ. Er war wie ich oder Winter. Ließ nichts anbrennen. Warum zum Teufel machte er sich Gedanken darüber, was mit der nervigsten Tussi auf dem Campus los war.

»Blaaaakeeee«, rief mich Kelly und schon revidierte ich meine Aussage. Amber war sicherlich nicht die nervigste Tussi.

Selbst meine Jungs seufzten genervt auf.

Kelly stolzierte zu uns, als hätte es heute Morgen nicht gegeben. Mit ihren hohen Hacken war sie fast so groß wie ich und da sie die Präsidentin der Kappa-Gruppe - eine der größten Frauenverbindungen auf dem Campus – war, trug sie auch immer gerne die kürzeste Kleidung. An sich nichts Schlechtes, wenn da nicht ihre Stimme und ihre hohle Birne wären.

»Kelly«, begrüßte ich sie kühl, aber natürlich warf sie sich in meine Arme und gab mir einen feuchten Kuss. Denn das war auch so eine Sache. Kelly war heiß, wusste, wie sie wirkte, aber sie konnte einfach nicht küssen.

»Hast du dich abreagiert?« Ich musste zweimal über ihre wirklich bedenkliche Frage nachdenken, während sie noch an meinem Hals hing. Mein kurzer Blick zu Nick sagte alles. Der schien auch darüber nachzudenken, sie einweisen zu lassen.

»Reden wir immer noch von heute Morgen?«, fragte ich und sie ließ mich endlich los.

»Natürlich. Ich verzeihe dir das mit July, wenn ich nie wieder höre, dass du irgendeiner Schlampe hinterherjagst. Vor allem nicht ständig mit Amber, der Streberin, gesehen wirst.« Nick zog ein Gesicht, als hätte Kelly sie nicht mehr alle beisammen. Gut, dann war ich nicht mehr allein.

Winter kicherte, das konnte ich genau hören.

»Kelly, wir hatten schon mehrmals dieses Gespräch und ...«

»Ach was. Es ist unser letztes Jahr, Blake. Werd endlich erwachsen. Wir ...«

»Kelly«, riefen ihre Mädels aus der Kappa-Vereinigung einige Meter von uns entfernt. »Kommst du?« Mir entgingen nicht die Blicke der Mädels, oder dass eine verdammt langsam an ihrem Lolli leckte. Winter stöhnte leise, Nick schüttelte wie so oft den Kopf und Jason spielte mit seinem Handy herum.

»Kommst du heute Abend zur Kappa-Party?«

Ihr Augenaufschlag war wie immer genau dann gekonnt eingesetzt, wenn sie meinte, es würde etwas bringen.

»Mal sehen.«

Ein Nein hätte dazu geführt, dass sie noch weiter an mir herumzerrte, ein Ja wäre zu viel des Guten gewesen.

»Okay, ich würde mich auf jeden Fall freuen, wenn du kommst.« Wieder ein feuchter Kuss, dann stolzierte sie zu ihren Marionetten zurück. Winter beäugte ihren Arsch ganz genau.

»Nimm sie mir ab, anstatt sie nur anzustarren«, seufzte ich.

»Echt?« Er klang zweifelnd. Vermutlich dachte er noch daran, wie sie seine Cornpops quer durch die Küche geworfen hatte.

»Kümmere du dich auf der Party um Kelly, halt sie von mir fern, und wir gehen hin.«

Drei Seminare später befand ich mich kurz davor, diesen ätzenden Tag endlich geschafft zu haben. Ich hasste Montage. Das Wochenende war zu Ende, der Kater nicht ganz auskuriert, und Kelly klebte mir an der Backe. Aber nicht mehr heute. Um den Mathekurs für Fortgeschrittene machte sie einen großen Bogen und das empfand ich als echten Urlaub.

»Langen Tag gehabt?« Nick traf mich wie immer montags um diese Zeit vor dem Seminarraum.

»Lang ist kein Ausdruck für die Hölle, die einfach nicht zu Ende gehen will.« Seufzend liefen wir hinein und schon blickten sie uns alle an. Das war schon drei Jahre der Fall und würde sich nicht mehr ändern. Wenn man Quarterback des Colleges war, Rekordsiege einholte, und alles flachlegte, das bei drei nicht weit genug von mir wegrennen konnte, dann war man beliebt. Jeder drehte sich um, um mich anzusehen. Jeder wollte mit mir befreundet sein, jeder ...

Ich lief an dem einzigen Mädel vorbei, das nicht aufsah, weil ich hereingekommen war. Sie schrieb konzentriert in ihr Notizheft und machte keinen Hehl daraus, dass es sie einen Scheiß interessierte, warum jeder tuschelte und kicherte. Das Interessante war, dass sie die Einzige war, die nie aufschaute. Und in letzter Zeit verstand ich sie immer mehr. Das hieß nicht, dass ich Amber Jenkins jetzt mochte. Aber umso länger ich diesen College-Wahnsinn mitmachte, umso mehr begriff ich, dass alles nur Fassade war. Jeder war nett zu mir, weil sie dachten, sie müssten es sein. Jeder wollte mich beeindrucken, weil sie dachten, sie müssten mit mir befreundet sein.

All die Studenten hier dachten, mit dem Star der Schule bekannt und gesehen zu werden, wäre das, was sie bräuchten. Ich dachte auch mal, genau das zu wollen. Aber zu was für einem Preis? Mittlerweile wusste ich kaum noch, wer es ehrlich meinte und wer nicht. Außer vielleicht meine Jungs, die mit den gleichen Dingen zu kämpfen hatten und sich darüber keine Gedanken machten. Außer Nick vielleicht ... Er war einer der Ruhigsten von uns. Dachte mehrmals über etwas nach, bevor er zu viel riskierte. Nick war das Hirn, wenn man es so sagen konnte. Und immer mehr verstand ich seine Haltung.

Seufzend setzte ich mich ein paar Reihen vor Amber und schloss müde die Augen. Heute war noch Training dran und jetzt schon fühlte ich mich einfach total k.o.

»Kelly bist du los, aber es geht schon wieder weiter ...«, flüsterte Nick und holte Stift und Block heraus.

Neben uns blieb jemand stehen. Dem Parfum nach zu urteilen, ein Mädel. Das bestätigte sich, als ich aufblickte. Lächelnd blickte mich eine kleine Rothaarige an. Irgendwoher kannte ich sie doch? War sie im selben Kurs wie ich?

»Hey, Blake.« Jedes verdammte Mal dachten die Weiber, ihre Stimme verstellen zu müssen. Entweder versuchten sie es mit einem hohen piepsigen oder einem rauen verheißungsvollen Ton, der mir sagen sollte: »Fick mich bitte in der nächsten Ecke.« Seit einer geraumen Zeit nervte das einfach nur noch tierisch.

»Hey!« *Keine Ahnung, wie du heißt, aber gut, bei dem kleinen Vorbau kein Wunder, dass ich nicht mehr weiß, wer du bist.*

»Hast du heute nach dem Kurs noch etwas vor?« Sie biss sich auf die Unterlippe, spielte mit ihrem Armreif herum und starrte mich abwartend an.

»Hat er!«, rief eine mir bekannte Stimme durch den Kursraum. Nick, sie und ich drehten uns zu Amber um, die weiter in ihrem Block kritzelte. Sie trug wie immer ihre Haare in einem unordentlichen Zopf und schien gegen gutes Aussehen weiterhin zu rebellieren. »Er muss heute noch zur Apotheke. Es juckt an einer sehr heiklen Stelle ... wenn du verstehst, was ich meine, Jen.« Sie hob den Kopf und grinste fies. Wenn ich jetzt mal vergessen würde, wer da vor uns saß, und dass sie mir gerade eine sexuell übertragbare Krankheit andrehen wollte ... Ja, dann war sie doch ziemlich niedlich mit dieser Stupsnase und der dicken Hornbrille auf der Nase. Aber nur fast ...

Ich hörte Nick neben mir kichern, starrte aber nur mein Hassobjekt Nummer eins an. Diese Frau nervte wirklich ständig.

»Ähm ... dann eben nicht.« Die Rothaarige, die wohl Jen hieß, verschwand schneller, als ich bis drei zählen konnte. Auch wenn ich jetzt eh keinen Bock hatte, mich mit Jen zu unterhalten, ein Weib in der Hinterhand zu haben, wäre nicht schlecht gewesen. Kelly war da nämlich keine Option mehr.

»Ernsthaft. Was ist dein Problem?«, fragte ich sie gereizt.

»Jen ist ein nettes Mädchen, und nette Mädchen sollten sich nicht mit dem Teufel einlassen. Ganz einfach!«

»Ich bin also der Teufel?«, fragte ich belustigt.

Sie schien eine Weile darüber nachzudenken, während sie mich ansah. Amber war wirklich nicht hässlich. Gut, sie war ein hübsches Mädel, das Jason den Kopf verdreht hatte, aber einen hässlichen Inhalt besaß. Und da war ich wieder bei dem Grund, warum Amber seit drei Jahren die Pest für mich war. *Vergessen wir mal den Kleinkrieg, den wir seit Menschengedenken führen. Aber sie hat Jason den Kopf verdreht, und er kommt nicht mehr klar, weil sie zu verklemmt ist, um ihn ranzulassen. Wenn wir die Meisterschaft nicht packen, wäre das ihre Schuld.*

»Du bist der Teufel mit Herpes. Und wenn Herpes dich darin hindert, weiterhin alles zu vögeln, was dir scheißegal ist, dann ja, bist du der Teufel. Ich wünsche dir ein wunderschönes Senior-Jahr, Blake.« Ihr übertriebener Wimpernaufschlag war alles andere als ernst gemeint und passte überhaupt nicht zu ihr.

Professor Edgens kam in den Kurs und somit war unser Schlagabtausch gegessen. Ich sah wieder nach vorn.

»Recht hat sie ja. Du bist der Teufel.« Nick lächelte leicht dabei, und auch ich ... fühlte mich merkwürdigerweise nicht mehr so müde wie zuvor. Aber das lag sicher nicht an Amber, der Nervensäge. Vielleicht war die kleine Jen doch interessanter gewesen, als gedacht.

AMBER

»Ich sage dir, das ist keine gute Idee, Jill.« Sie zog mich dennoch auf die Party. Den ganzen Abend schon redete sie die Sache mit Jason kleiner, als sie war.

»Entspann dich. Hier.« Sie überreichte mir einen Becher, der schon von Weitem nach purem Gift roch. Ich nahm ihn zögerlich an. »Jason gehört nicht zu der Sorte College-Idioten, die es nicht kapieren, wenn man sagt, man hat kein Interesse.«

Vielleicht hatte sie ja wirklich recht und ich machte mir einen zu großen Kopf darum. Nur wollte ich wirklich nicht den Anschein erwecken, als wäre ich wegen ihm auf dieser Party. Es war eine Verbindungsparty und somit war jedem klar, dass auch die Stars der Schule über kurz oder lang hier auftauchen würden.

»Hey, was macht ihr denn hier?« Cassandra kam auf uns zu. Wir hatten zusammen etliche Kurse.

»Das ist Jills Verdienst«, stellte ich sofort klar. Sie sah einfach hübsch aus. Jill trug einen knielangen Rock und eine weiße Bluse, die ihrer großen Oberweite schmeichelte. Die einzige Haut, die man bei mir sehen konnte, waren die Knie, die durch meine verschlissenen Jeans zu sehen waren. Okay, meine Arme waren auch noch frei, weil ich ein schlichtes

Shirt trug. Beim Make-up hatte ich mir etwas mehr Mühe gegeben, aber das war es auch schon.

»Cool, dass ihr gekommen seid. Die Party ist öde«, sprach Cassandra weiter. Ich sah mich um und fühlte mich bestätigt. Die Musik lief zwar, aber es tanzte keiner oder knutschte herum. Das lag einfach daran, dass keine Stimmung aufkam.

»Jetzt wird es interessant.« Cassandra kicherte und ich kannte diese Reaktion. Die kam schon seit drei Jahren. Jedes Mal wenn *er* den Raum betrat, weil es unausweichlich wurde ihn zu übersehen. Okay, vielleicht lag es auch daran, dass ich nie die Klappe halten konnte, wenn Blake den Mund aufmachte.

Da kam aber auch immer nur Scheiße heraus. Was sollte ich also machen?

Blake kam mit Corey und Jason durch die Tür und sie schienen sich erst mal umzusehen. Natürlich. Sie wollten die Lage checken.

»Ich muss mal eben pinkeln!« Das stimmte nicht, aber gerade hatte ich einfach keinen Bock auf die Jungs. Mit einem großen Bogen um die drei lief ich die Treppe hoch.

Ich wusste, das mit Jason war ein Fehler, auch wenn da nicht viel lief. Warum wollte ich unbedingt Jason näher kennenlernen, fragte ich mich.

Das Badezimmer oben war Gott sei Dank nicht belegt, als ich hineinging. Mein Handy vibrierte und ich zog es aus meiner Gesäßtasche.

Natürlich.

Jason, 21.23 Uhr: Deine Freundin ist hier. Wo bist du?

Das wäre dann Nachricht Nummer acht heute. Seufzend ließ ich die Nachricht unbeantwortet. Sehen würde er mich eh. Also kippte ich mir kein Wasser ins Gesicht, um vielleicht runterzukommen. Ich öffnete die Tür und prallte fast mit ... Kelly Sanders zusammen.

Sie lächelte, aber nicht dieses nette zuvorkommende oder begrüßende Lächeln. Kelly Sanders war nicht geschaffen für Nettigkeiten. Dazu stand sie zu sehr auf Macht und darauf, dass man sie fürchtete.

»Amber!«

»Kelly!« Ich verschränkte die Arme vor meinem Shirt, während sie mich musterte, als wäre ich ein Insekt, das sie mit bloßen Händen zerdrücken könnte.

Dass ihr dabei die Brüste fast aus dem Top sprangen, war auch keine Überraschung mehr. Kelly war das passende Gegenstück zu Blake da unten. Kein Wunder also, dass sie mir mit folgendem Spruch kam:

»Er gehört mir, Bitch.«

»Wer?« Dumm stellen war schon immer etwas, das bei Kelly Spaß machte. Vor allem, wenn sie trotz des Make-ups noch rot werden konnte. Heute war sie ausnahmsweise mal sparsam damit umgegangen: Nur knapp ein Pfund Make-up statt wie üblich zwei.

»Blake. Lass die Flossen von ihm und seinen Jungs, verstanden!«

Gott, drei Jahre geht das schon so.

»Ehrlich Kelly, das wird langsam lächerlich!« Ich drängte mich an ihr vorbei und freute mich, dass die Treppe schon in Sichtweite war.

»Ich bin lächerlich? Deine Sprüche, die auf meinen Freund abzielen, sind lächerlich!«

Ich musste es einfach ... ich lachte aus vollem Halse, weil das einfach urkomisch war.

»Warum lachst du?«

Mein Bauch schmerzte, als ich wieder Luft bekam und sie immer noch vor mir stand und irritiert schien. Vermutlich lachte sie kaum einer aus. Warum auch? Die Kerle starrten ihr auf die Titten, und die Mädels flohen vor ihr.

»Blake scheint sich nicht viel mit dir zu unterhalten, Kelly. Mal darüber nachdenken, nicht sofort das Höschen fallen zu lassen!«

Sie japste nach Luft, als hätte sie so etwas nicht erwartet. Wie verblendet musste man eigentlich sein? Es war über den Campus hinaus bekannt, dass Blake nichts anbrennen ließ. Und dass Kelly nicht mehr war als eines der vielen Feuer, die er legte. Aber das war mal wieder typisch Quarterback-Star. Ihm war es egal, was er tat und wen er ausnutzte. Kelly könnte mir wirklich leidtun. Aber nur fast.

»Was bildest du dir eigentlich ein?«, keifte sie und die ersten Leute hier oben drehten sich zu uns um. Seufzend schüttelte ich den Kopf. Genau das hatte ich versucht zu verhindern. Allerdings hatte ich erwartet, dass Blake hier das Problem wäre und nicht eines seiner Betthäschen.

»Nur weil du dein Stipendium mit einem Einser-Durchschnitt erreicht hast und gut aussiehst, bist du was Besseres, oder wie?«

Was? Diese Frau hatte wirklich den Verstand verloren. Kellys Familie gehörte zu einer der reichsten Kaliforniens. Ihr Daddy spielte regelmäßig Golf mit dem Direktor des Berkeley-Colleges; verdammt noch mal, die Frau besaß mehrere Platin-Kreditkarten. Und sie war eifersüchtig auf mich?

»Amber?« Jasons Stimme beendete Kellys durchtriebenes Lächeln, und schon war sie wieder die zuckersüße Kappa-Präsidentin.

»Jason, du hast mich gesucht?« Sie klimperte mit den Wimpern, drückte den Rücken noch mal durch und lächelte.

»Alles klar?« Er musterte mich von Kopf bis Fuß und konzentrierte sich ganz auf mich. Das war nicht gut, gar nicht gut. Den Dampf aus Kellys Ohren konnte ich praktisch schon sehen.

»Sicher«, antwortete ich und versuchte zu lächeln. Was vermutlich eher wie ein Zucken aussah.

»Was willst du, Kelly?«, fragte er und schaute sie fragend an.

Kelly bekam große Augen und versuchte mehrmals etwas zu sagen. Dann stöckelte sie davon und ließ mich allein mit Jason zurück. Vielleicht wäre Kelly die bessere Option gewesen.

»Kelly muss sich aufspielen, mach dir nichts draus«, begann er zu reden.

»Ich weiß.« Dennoch fühlte ich mich nicht erleichtert. Denn Jason stand schon wieder vor mir, obwohl ich eigentlich dachte, auch er würde versuchen, mich auf Abstand zu halten. Da hatte ich mich wohl geirrt.

»Wollen wir uns vielleicht ein ruhiges Fleckchen suchen?«

Auch das noch.

»Ich glaube nicht. Jason, hör zu ...«

»Lass es mich doch wiedergutmachen. Ich habe das Gefühl, dass wir uns nur besser kennenlernen müssen und ...«

»Und was? Wir haben uns einen ganzen Sommer lang geschrieben. Wir hätten schon dabei eine Menge voneinander erfahren können, aber du hast es vorgezogen die One-Man-Show durchzuziehen.«

»Aber vielleicht ...«

»Hast du andere Mädels während des Sommers gedatet?« Ich klang weder vorwurfsvoll noch wütend. Er sollte selbst kapieren, dass diese Nachrennerei keinerlei Zweck hatte.

»Na ja ...« Diese zögerliche Antwort reichte mir schon.

»Ich mach dir keinen Vorwurf, ehrlich Jason. Also, bitte mach keine große Nummer draus, wenn ich sage, wir belassen es bei unserem freundschaftlichen Status, okay?«

Ich hielt ihm meine Hand hin und hoffte, er würde sie wenigstens schütteln. Tatsächlich griff er danach, zog mich in einer Bewegung zu sich und drückte seine Lippen auf meine. Der Schock war so groß, dass ich erst wenige Sekunden später reagierte und versuchte, mich von ihm wegzudrücken. Als das natürlich nichts half, biss ich zu und hatte Erfolg. Er quiekte wie ein kleines Mädchen auf und ließ mich los.

»Bist du völlig verrückt?«, schrie er mich an und berührte seine blutige Lippe.

»Aus welchem verfluchten Land kommst du, dass du ein Nein einfach nicht verstehst?«, fauchte ich zurück.

»Das hier ist eine Kappa-Party, verdammt! Du tauchst hier nie auf, aber ausgerechnet heute?«, erklärte er wütend. Seufzend schüttelte ich den Kopf.

Genau deswegen hasse ich Partys!

Jason war schon wieder bereit auf mich zuzugehen.

»Was zum Teufel ist hier los?«, brüllte jetzt Blake herum und kam die Stufen hoch. Sofort überblickte er die Situation und registrierte Jasons blutige Lippe. Da war ich mir absolut sicher. *Ich muss nicht erwähnen, dass er genauso, wenn nicht noch besser als Jason aussah.*

»Das geht dich nichts an!«, antwortete Jason wütend.

»Ah ja, da sagt mir die blutige Lippe aber etwas anderes. Willst du dir von ihr noch irgendeinen Bruch holen, bevor du kapierst, dass die kleine Nervensäge kein Interesse hat?«

Wie bitte?

»Blake, Alter ...«

»Verzieh dich jetzt, Jason. Aber schnell!«

Einen kurzen Moment schien er wirklich darüber nachzudenken, es nicht zu tun, machte sich dann aber auf den Weg nach unten. Ich brauchte gar nicht erst sagen, wie beruhigend das war.

»Alles klar?«

Erst dachte ich, mich verhört zu haben, aber Blake Michaels schaute mich mit diesen leuchtend blauen Augen fragend an. Hier oben befanden sich kaum Leute, also war ich wohl gemeint.

»Sicher.«

Er schien mich zu mustern.

»Gut. Du solltest aufhören, ihm schöne Augen zu machen. Er spielt jetzt schon beschissen, was sich auf die Leistung des gesamten verdammten Teams auswirkt. Und wenn wir die Meisterschaft verhauen, weil du Jason den Kopf verdreht hast, dann ...«

»Mooooment mal! Ich habe deinem Kumpel schon mehrmals gesagt, dass das keinen Sinn mit uns hat«, fauchte ich ihn an. Wieder musterte er mich von Kopf bis Fuß, dann schmunzelte er.

»Was zum Teufel findet er nur an dir?«

»Glaub mir, das frage ich mich bei jeder Frau, die du auf dem Campus abschleppst, und zwar jedes verdammte Mal.«

»Du solltest mir eigentlich danken, oder? Das tun doch nette Menschen wie du.« Schmunzelnd und höchst amüsiert über sich selbst, verschränkte er die Arme vor seiner trainierten Brust.

»Nette Menschen wie ich geben sich nicht mit Leuten wie dir ab!«

Wieder wartete er mit seiner Antwort.

»Du bist doch auch im gleichen Mathekurs wie ich.«

»Soll das eine Fangfrage sein?«, schnaubte ich. »Wir beide sind im Mathekurs für Fortgeschrittene, Blake.«

»Und du hast, so wie ich heute Morgen gesehen habe, wieder mal eine Eins geschrieben.«

Woher wusste er das denn?

»Und du nicht?«

»Na ja«, dehnte er das Wort etwas länger als erwartet. »Ich hab momentan etwas geschlampt und ...«

»Ah, dein Sport-Stipendium ist gefährdet.« Jetzt war ich es, die sich als Gewinnerin fühlte. Irgendwas wollte der Typ vor mir doch mit seinem Gelaber erreichen, und so langsam verstand ich auch, was er wollte.

»Das würde ich jetzt nicht sagen ...«

»Was willst du, Blake?«

»Ich hab dir mit Jason geholfen und du könntest vielleicht mal mit Jen sprechen, und ...«

Ich schüttelte den Kopf, bevor er weitersprechen konnte. Blake dachte wirklich, dass er seine schlechten

Noten gleich dazu nutzen könnte, um ein Mädel flachzulegen. Und dann auch noch Jen. Sie war lieb, nett
und ... sie war einfach zu gut für ihn.

»Vergiss es.«

»Ach, komm schon«, lachte Blake und lief mir tatsächlich hinterher, als ich die Treppen herunterging.
Die Musik wurde wieder lauter und die Menschenmenge größer.

»Es ist unfassbar, wie leicht du zu reizen bist.«

Der Spott in seiner Stimme und dazu dieser beschissene Akzent gingen mir gehörig gegen den Strich.

»Du hättest hier nicht auftauchen sollen, dass hier
ist unser ...« Wir standen direkt im Flur, jeder konnte
uns sehen und es war mir wie immer scheißegal.

Meine Mom meinte immer, ich war die Tochter für
sie, die sich nie etwas gefallen ließ und dafür kämpfte,
wenn sie etwas wollte. Und das hier war jetzt meine
Chance. Vergaßen wir bitte mal die drei Jahre, in
denen ich schon oft versuchte den Leuten zu helfen,
wenn es um Blake Michaels ging.

Immer noch schmunzelte er, weil er sich ja so wahnsinnig toll und originell fand.

»Wie selbstverliebt muss man eigentlich sein, dass du
dir herausnimmst, anderen Menschen zu sagen, dass
sie hier nichts zu suchen haben, nur weil DU meinst,
dass sie nicht cool oder clever genug für dich sind?«

Er schmunzelte immer noch, doch seine Stirn wies
ein paar Falten auf.

»*Den ganzen Tag dreht es sich nur um beliebt und
unbeliebt, Marke oder No-Name. Dick oder dünn. Aber
weißt du was? Lieber wiege ich zwanzig Pfund mehr,
habe Akne im Gesicht oder esse allein in der Mensa,*

als mich von Leuten anlächeln zu lassen, die nur mit einem befreundet sind, weil man der beste Quarterback des Colleges ist.« Blakes Gesichtsausdruck war nicht wiederzuerkennen nach meiner kleinen Rede. Stur starrte er mich an. »Du liebst dieses Leben, gut. Aber dann lass diejenigen in Ruhe, die lieber ein normales Leben führen wollen.«

Die Musik spielte längst nicht mehr und die Leute drängten sich schon um uns herum. Auch wenn vor zwei Minuten noch das Adrenalin in mir strömte, überwog jetzt nur noch der Fluchtinstinkt.

Dem ich auch wenige Sekunden später nachgab.

BLAKE

»Den ganzen Tag dreht es sich nur um beliebt und unbeliebt, Marke oder No-Name. Dick oder dünn. Aber weißt du was? Lieber wiege ich zwanzig Pfund mehr, habe Akne im Gesicht oder esse allein in der Mensa, als mich von Leuten anlächeln zu lassen, die nur mit einem befreundet sind, weil man der beste Quarterback des Colleges ist.«

Der Satz lief jetzt den ganzen Tag rauf und runter in meinem Kopf. Wie konnte es sein, dass ausgerechnet sie wusste, wie ich mich fühlte? Warum musste Amber Jenkins die Dinge aussprechen, die mir schon eine ganze Weile nicht gefielen?

Wir saßen in unserer üblichen Ecke in der Mensa. Nick aß sein Sandwich und las irgendeinen Roman für seinen Literaturkurs, Winter hatte gerade irgendeine Blondine auf dem Schoß und ich ... ich träumte vor mich hin.

»Isst du das noch?«, fragte Winter mich und blickte auf mein Sandwich, dass ich noch nicht angerührt hatte. Essen würde ich es eh nicht mehr, also schüttelte ich den Kopf und mit drei Bissen war das für Winter auch schon wortwörtlich gegessen.

Als Amber gestern einfach abgehauen war, regte sich Kelly künstlich auf, Jason betrank sich und ich

... ich hatte absolut keinen Schimmer, was da genau passiert war.

Weil sie mir einfach immer auf den Sack ging, nutzte ich die Sache mit Jason und wollte sie mit der Nachhilfefrage und Jen einfach ärgern. Aber wie sich die Sache entwickelte ... scheiße, niemand machte mich so blöd an, und doch musste ich mir eingestehen, dass ich sie bewunderte. Amber war die Einzige, die Einzige von 10.000 Studenten, die ehrlich aussprach, was viele vermutlich selbst dachten. Ich war ein Star und deswegen mochte man mich. Das war oberflächlich und einfach nur ... armselig.

Im Augenwinkel erkannte ich sie sofort. Sie kam aus dem Ostflügel und lief durch die Gänge der Mensa. Amber trug wie immer Jeans und ein Shirt. Kein enges oder aufreizendes, das einen Kerl wie mich verrückt machen sollte. Sie war pragmatisch eingekleidet. Es war einfach bequem für einen langen Tag auf dem Campus. Ihre dunklen Haare trug sie wieder hochgesteckt. Diesmal hielt wohl ein Stift oder so was ihre Haare zusammen. Die Brille klebte auf ihrem Kopf, als sie lächelnd irgendeinem unscheinbaren Typen einen Apfel zuwarf. Der lächelte verlegen, konnte ihr nicht mal in die Augen sehen, aber das schien ihr nichts auszumachen. Sie lief weiter, bis sie in ihrer Ecke ankam. Ihre Freundin ... wie hieß die Kleine noch mal? Keine Ahnung. Jedenfalls saßen sie jetzt zusammen und unterhielten sich. Mir fiel auf, dass ich sie die ganze Zeit beobachtete, ohne einmal wegzuschauen.

»Was weißt du über Amber Jenkins?« Winter fühlte sich immer angesprochen, wenn es um Frauen im Allgemeinen ging. Keine Ahnung, wohin seine blonde

Freundin gegangen war, aber sie war weg. Vermutlich suchte sie gerade ein ruhiges Plätzchen auf irgendeinem Klo für eine schnelle Nummer. Winter war bekannt dafür.

»Ah. Du willst dich rächen, nach der Aktion gestern!«

»Was weißt du über sie?«

Ich blickte sie weiter an, während Winter über meine Frage nachdachte.

»Ich muss leider zugeben, dass ich nicht viel über sie weiß. Sie ist ein Lesemäuschen, hängt viel mit den Nerds rum.«

»Mehr hast du nicht für mich?« Ich verschränkte die Arme vor der Brust und dachte darüber nach, was ich über sie wusste. Und das war auch nicht besonders viel. Sie war klug, schrieb die besten Noten, jedenfalls in den Seminaren, in denen ich dabei war. Amber hing viel mit der Pummeligen da drüben ab und hatte Jason den Kopf verdreht. Warum eigentlich Jason?

Der Idiot setzte sich mir gerade mit mürrischer Miene gegenüber. Der Kratzer auf seiner Lippe war nicht zu übersehen.

»Na Alter, Kater noch nicht losgeworden?« Winters Belustigung kannte keine Grenzen.

»Halt die Klappe!«

»Mir ist echt scheißegal, was du machst, aber die Aktion gestern, wird sich nicht wiederholen«, stellte ich klar.

»Ja ja, ich sauf nie wieder unter der Woche so viel.«

»Davon gehe ich aus. Ich meine aber die Sache mit Amber.«

Jason sah auf und runzelte die Stirn.

»Mit Amber?«

»Du kannst froh sein, dass sie dich nicht angezeigt hat.«

»Es ist doch gar nichts passiert!«

»Hätte aber. Du denkst nicht mehr klar, wenn es um die Kleine geht. Ist dir das eigentlich bewusst? Sie sagt Nein, und du willst sie wieder küssen!«

Winters Pfiff war gerade kontraproduktiv. Und eigentlich wollte ich die Sache so belassen. Jason hatte einen Fehler begangen, und Amber hatte reagiert, wie es am besten war. Warum also musste ich das noch einmal klarstellen?

»Was soll das hier werden? Seit wann ergreifst du verdammte Partei für sie?«

»Weil ...« Keine Ahnung. Das war die einfache Antwort, aber die konnte ich schlecht den Jungs sagen. Die würden mich für völlig verrückt halten.

»Weil du sie bedrängt hast, du Hohlkopf«, griff Nick in das Gespräch ein, ohne von seinem Roman aufzusehen. »Blake ist der Captain des Teams. Wenn du Scheiße baust, wird er dafür gerade stehen müssen. Also reiß dich mal zusammen. Das Jahr ist noch lang.«

Keiner von uns sagte etwas und Jason schien begriffen zu haben.

»Jeder wartet darauf, das du reagierst, Alter«, flüsterte mir Winter plötzlich zu.

»Reagieren?«

»Amber hat dich auflaufen lassen. Du musst ...«

»Ach komm mir nicht mit dem Scheiß jetzt.« Ich packte meinen Kram zusammen und verzog mich.

Warum im Gottes Namen spielte ich nicht einfach mit? Früher hätte ich mir den Scheiß, den Amber da so dramatisch abgezogen hatte, nicht gefallen gelassen.

»Hey! Was ist mit dem Training?«, rief Winter mir noch hinterher, doch ich winkte nur ab. Ich hatte gerade keinen Kopf dafür und rannte in die Richtung, zu der Person, die für diesen ganzen Irrsinn verantwortlich war.

AMBER

»Wo zum Teufel warst du?« Jills Panik verrauchte nur bedingt. Auch nach meiner WhatsApp-Nachricht gestern Nacht schien sie das nicht beruhigt zu haben.

»Du glaubst doch wohl nicht, dass ich auf der Party hätte länger bleiben können? Nur über meine Leiche!«

Ich klaute ihr ein paar Fritten und aß sie schnell auf. Das war heute die erste Mahlzeit für mich. Mir war noch immer vor Wut ganz schlecht. Blake war schon immer ein Arschloch, aber ein so großes? *Ich habe dir mit Jason geholfen, also besorg mir Jen als neustes Fickfleisch.* Gut, so hatte er es nicht gesagt, aber es war so gemeint.

»Es war noch ganz lustig«, fing Jill an und ich dachte, mich verhört zu haben.

»Es war noch ganz lustig? Warst du auf derselben Party wie ich?«

»Ja, gut, Blake ist ein Mistkerl.«

»Nein, er ist ein chauvinistisches Arschloch, Jill. Dem es egal ist, ob ein Mädchen drei Dates braucht für den ersten Kuss oder zehn. Er will es sofort. Das gesamte Programm. Weil er ja einfach Mr. Quarterback ist.«

Jill knabberte nachdenklich an ihren Fritten.

»Weißt du, was ich glaube?«

»Nein, aber teil dich mir mit.«

»Du stehst auf ihn!«

»Was?« Ich ignorierte die Leute, die sich zu uns umdrehten.

»Ja, so oft, wie du dich über einen Kerl aufregst, der dir angeblich am Arsch vorbeigeht ... sorry, aber ...«

»Was ist eigentlich los mit dir? Dieselbe Scheiße könnte ich doch dich fragen!« »Was meinst du?« Jill trug schon wieder ein Kleid. Und Jill war kein Kleid-Träger. Sie schämte sich, glaubte, hässlich auszusehen und – voilà - einen Sommer später war sie wie ausgewechselt. Nicht, dass mich das störte, aber den Grund nicht zu kennen, nervte.

»Du verhältst dich doch total komisch und ...«

»Woow. Lenken wir wieder ab?« Die Unsicherheit in ihrer Stimme war hörbar da.

»Du weißt ganz genau, dass Blake ein Mistkerl ist, der die Leute, die ihm unterlegen sind, unterdrückt, als gebe es kein Morgen. Und das hat er gestern mal wieder unter Beweis gestellt. Du denkst, ich spreche zu viel von ihm? Blake Michaels ist der einzige Grund, warum ich mich jeden Tag an meinen Hausmüll erinnere, den ich noch rausstellen muss, verstanden?«

Ich griff nach meiner Tasche, drehte mich um und rannte natürlich direkt ihm in die Arme.

»Autsch. Erst Müll und jetzt noch handgreiflich werden.« Er klang amüsiert, was mich in Anbetracht der Tatsache, dass ich an seinem Hals schnüffeln konnte, mehr als verwirrte. Schnell brachte ich Abstand zwischen mich und das Arschloch. Heute trug er ein kurzärmliges Hemd. Dunkelblau. Wie seine Augen ...

Stop! Was hatte Jill da noch mal gesagt? Ich würde auf ihn stehen? Von wegen! Alles was ich fühlte, wenn er in meiner Nähe war, war Abneigung und abgrundtiefer Hass.

Warum also blickte er mich nicht so wütend an, wie ich mich fühlte? Das verstand ich gerade weniger.

»Wegen gestern ...«, fing er das Gespräch an, dass mich gerade absolut in Panik versetzte. Und ich hatte so gut wie nie Panik.

»Ich muss los. Ich habe noch ...« Wann war mir jemals die Stimme versagt? Wann wusste ich mal nicht, was ich zu sagen hatte? Verdammt.

Jill grinste vermutlich wie blöde. Umdrehen wollte ich mich nicht. Sonst verstand Mr. Idiot das noch falsch.

Urrgh ... wie blöde muss man eigentlich sein?!

Ich machte ihm eine Szene auf der Party und jetzt versuchte ich zu fliehen? Völlig bescheuert. Warum tat ich das? Weil Blake der Feind war? Er oberflächlich, gemein und ... heiß war? Also lief ich hastig vor dem Grund meiner Verwirrung davon.

Diese Gedanken in meinem Kopf würden mich vermutlich noch umbringen, aber Gott sei Dank klingelte mein Handy. Das bot Ablenkung. Als ich den Namen aufblinken sah, lächelte ich.

»Hey! Na, wie gehts dir heute?«

So merkwürdig meine Gedanken gerade Achterbahn fuhren, so ruhig und gelassen war ich jetzt ...

BLAKE

Es war mir schon immer total egal gewesen, wenn Frauen sich merkwürdig in meiner Gegenwart verhielten. Meistens - eigentlich immer - rannten sie nicht weg. Sie suchten meine Nähe, wollten meine Aufmerksamkeit oder besser noch: Sie liebten es, wenn ich einen Blick auf ihren nicht gerade züchtigen Ausschnitt warf. Aber Amber Jenkins lief davon. Schon wieder.

Gut, gestern verstand ich das ja noch, aber heute? Und das ohne eine böse Spitze gegen mich? Dass sie den Vergleich Hausmüll und Blake Michaels benutzte, war schon fies und gleichzeitig wahnsinnig witzig gewesen.

»Sie wird nicht zurückkommen«, sprach ihre Freundin, die noch immer auf der Bank saß.

»Was?«

»Sie wird nicht wiederkommen. Also brauchst du ihr nicht so ... hinterher zu starren.« Ambers Freundin musterte mich lang, aber in ihrem Blick lag jetzt nicht das Interesse, mir das Hemd über den Kopf zu ziehen. War auch mal was anderes, dachte ich.

»Was wolltest du eigentlich von ihr?«

Auf die Frage wusste ich ehrlich keine Antwort. Als

die Jungs mich nervten, wollte ich eigentlich einfach nur weg, dennoch zog es mich hierher. Worauf das hinaus sollte? Ich hatte absolut keinen Schimmer, und doch wusste ich, was ich sie fragen wollte.

»Kannst du mir sagen, wo man sie vielleicht noch treffen kann?«

»Wie meinst du das?«, fragte sie argwöhnisch. Dabei zog sie die Stirn in Falten. Eigentlich war Ambers Freundin wirklich hübsch. Warum war sie mir früher nicht aufgefallen? Amber traf ich doch fast täglich. Wobei »Treffen« nicht das richtige Wort dafür war. Wir zickten uns gegenseitig an und das war's dann aber auch schon. War ihre Freundin immer dabei gewesen?

»Ehrlich gesagt, will ich einfach mit ihr reden.«

Lang schaute sie mich an.

»Du ... willst dich entschuldigen?«

»Entschuldigen? Eher über einen Waffenstillstand reden.« Die Antwort gefiel ihr wohl, denn sie nickte, als würde sie selbst verstehen. Wobei ich ja gerade selbst nicht kapierte, was ich hier tat.

»Sie holt sich jeden Tag um zwölf rum einen Kaffee in diesem neuen Café, wenn du das kennst? Keine drei Blocks ...«

»Kenn ich«, antwortete ich viel zu schnell für ihren und meinen Begriff.

»Okay.« Sie nahm ihre Tasche, legte sie sich über die Schulter und stand auf.

»Ich sollte dir allerdings sagen, dass Amber früher mal Karate-Unterricht hatte.«

Die Verwirrung war mir wohl im Gesicht abzulesen.

»Solltest du ihr wehtun oder so was, würde sie dir ohne Weiteres irgendwas brechen. Und wenn du dann irgendwas gebrochen hast, würde sich ihre beste Freundin nachts in dein Krankenzimmer schleichen und dir irgendwas Wichtiges abschneiden.« Ich glaubte dieser kleinen Studentin gerade jedes Wort und mit einem Grinsen verließ auch sie die Mensa.

Auf einmal wurde mir bewusst, dass Amber gar nicht anders konnte, als mit ihr befreundet zu sein. Beide waren völlig ... durchgeknallt.

Zwei Stunden später stand ich nun in diesem Café und wartete darauf, dass *sie* kam. Und wieder fragte ich mich, was ich hier wollte.

Seit gestern Abend dachte ich ständig an sie. An diese starken selbstbewussten Augen, die mich angeschaut hatten, als wüsste sie ganz genau wer und wie ich war. Aber das stimmte nicht. Vielleicht war es ja das? Ich war gekränkt, weil mir mal jemand die Meinung gegeigt hatte? Das musste doch mein Problem gewesen sein! Aber wenn es das war, wieso hatte ich ihr nicht mit einem blöden Spruch gezeigt, was ich davon hielt?

Ganz einfach, weil du bewunderst, dass sie es gesagt hat.

Ich würde mein nächstes Seminar verpassen, was mir gerade aber am Arsch vorbeiging. Genauso ignorierte ich mein Handy. Wenn es nicht irgendeine Tussi war, dann war es mein Dad. An sich würde man sich ja freuen, wenn man mal was von der Familie hörte. Aber mein Dad war anders. Für ihn zählte Leistung. Und vor einer Stunde schickte er mir eine Nachricht mit meinen durchschnittlichen Punkten beim Training. Das Wort durchschnittlich war mit drei Ausrufezeichen versehen. Ich wollte gar nicht darüber nachdenken, wen er alles bestochen hatte, um diese Liste zu bekommen.

Vielleicht war er der Grund, dass ich langsam klarer sah. Dad war immer nur auf Erfolg aus. Gut, das kannte ein schicker Anwalt aus Texas nicht anders. Er konnte sich die Mandanten aussuchen und bearbeitete somit nur die für ihn lukrativsten Fälle. Da konnte sein einziger Sohn nicht nur »durchschnittlich« abliefern.

»Hey Kit. Einen Doppelten bitte, aber schnell.«

Amber hatte mich nicht gesehen, als sie schnurstracks zur Theke lief. Natürlich kannte sie auch hier das Personal.

»Langen Tag gehabt?«, hörte ich die Bedienung sagen.

»Und der geht noch weiter. Danke dir ...« Sie nahm den Pappbecher entgegen, bezahlte, drehte sich um und erwiderte meinen Blick. Ohne einen wirklichen Grund zu haben, grinste ich, aber ihr Gesicht blieb versteinert. Wie machte sie das nur? Ich war charmant, gutaussehend und der verdammte Star der Schule - und sie? Sie konnte mir nicht mal ein Lächeln schenken.

»Was machst du hier?« Amber hatte sich anscheinend wieder gefangen und stampfte wütend auf mich zu.

»Einen Kaffee trinken.« Ich musste jetzt nicht erwähnen, dass mein Tisch leer war.

»Blödsinn«, wischte sie meine Antwort mit einer Handbewegung fort. »Bist du mir gefolgt?«

»Nein!«

»Ist das ein Hinterhalt? Kommen gleich deine Idiotenfreunde aus einer Ecke gesprungen und begießen mich mit Fischsoße oder so was?« Hektisch sah sie sich um und so langsam gingen mir ihre Anschuldigungen gegen den Strich.

»Du bist irre«, kam es aus mir heraus.

»Ich bin irre? Dann frag mal Bobby Brown. Habt ihr ihn letztes Jahr nicht mit Fischsoße ...«

»Ja ja, das war ein dummer Streich und der ist lange her.«

»Und das war es jetzt? Ihr mobbt einen wirklich netten Studenten und weil es jetzt ein Jahr her ist, ist das entschuldigt?«

Ich fuhr mir seufzend durch mein Haar. Diese Frau war wirklich unglaublich frustrierend.

»Der Kerl hieß Bobby Brown. Wer zum Teufel nennt seinen Sohn Bobby ...«

»Jetzt ist es der Name?«

Mir war das damals scheißegal, aber jetzt fiel es mir auf. Amber wurde immer lauter, umso mehr wir miteinander redeten und das machte natürlich die Leute auf uns aufmerksam. So wie jetzt. Das Getuschel und die Faszination über unsere legendären Diskussionen gingen wieder los. Und das war auch für mich einzigartig. In den letzten Jahren auf dem College hatte ich mich mit vielen Leuten angelegt und gewann jedes Mal. Ob es eine Prügelei beendete oder die Angst von unserer Clique, jahrelang gedisst zu werden. Sie gaben alle früher oder später auf, gegen mich zu kämpfen. Aber Amber? Sie gab nie nach. Stand hinter ihren Prinzipien und pfiff auf unsere Beliebtheit. Vermutlich wurde sie deswegen von den meisten Leuten gemocht. Sie war diejenige, die für sie alle sprach!

»Dir ist schon klar, dass Mobbing in manchen Bundesstaaten schon illegal ist!«, fing sie mir plötzlich an zu drohen und ich musste zugeben, dass ich das liebte. Sie drohte, sie beleidigte, scheiße, sie war die einzige Frau, die mit diesem aggressiven Blick heiß aussehen konnte.

»Gib mir keine Munition, die du nie verschießen könntest, Honey«, flüsterte ich, während ich aufstand und zu ihr lief. Die Verwirrung über meine Antwort stand ihr ins Gesicht geschrieben. »Was glaubst du, was hundert Leute gestern Abend bezeugen könnten? Amber Jenkins hat Blake Michaels die Leviten gelesen.«

»Ich ...« Ambers Blick wurde unruhiger, sanfter. War ihr das etwa peinlich?

»Wer hat hier also wen gemobbt?«

Im Grunde stimmte das ja. Sie hatte mich vor allen runtergemacht.

»Was willst du von mir? Willst du eine Entschuldigung? Gut, sorry, dass ich vor all den Leuten Dinge gesagt habe, die jeder bereits über dich weiß. Nimmst du sie an?«

Sprachlos starrte ich sie an. Immer wieder überraschte sie mich. Nur heute konnte ich das irgendwie auch mit Humor nehmen. Es war so erfrischend, mal nicht immer über oberflächliches Zeug mit einer Frau zu reden, und vor allem, dass sie kein Blatt vor dem Mund nahm. Während ich sie weiter beobachtete und sie argwöhnisch ihre Lippen aufeinanderpresste, stellte ich etwas fest.

»Geh mit mir aus!«

Ambers Lippen teilten sich und das Entsetzen in ihrem Blick war keine Schauspielerei.

»Nein«, antwortete sie wenige Sekunden später.

Eigentlich hatte ich nichts anderes erwartet, aber das schwere Gefühl auf meiner Brust war auch nicht zu leugnen. So fühlte es sich also an, von Frauen abgelehnt zu werden.

»Und das findest du jetzt witzig?« Das Grinsen kam automatisch, ich konnte nichts dagegen tun.

»Es wundert mich nicht. Jeder Idiot weiß, dass ich der Letzte bin, mit dem du ausgehen würdest.«

»Ist das so?« Den Argwohn in ihrer Stimme konnte ich nicht überhören.

»Ja, aber eines darfst du nie vergessen.« Fragend schaute sie mich an. »Herausforderungen sind nur etwas für echte Männer.«

»Ach, und du bist einer?« Schmunzelnd verschränkte sie die Arme vor ihrer Brust, sodass man einen Blick in ihren Ausschnitt riskieren konnte. Ich tat es aber nicht und erwiderte nur ihren Augenkontakt.

»Darauf muss ich nicht antworten. Geh mit mir aus!«

»Ist dir der Football zu oft auf den Kopf geflogen, oder was?«

»Meine medizinischen Checks sind allesamt ohne Befund.«

»Aber wir hassen uns!«, versuchte sie einen weiteren Grund zu benennen.

Ich schüttelte seufzend den Kopf.

»ICH hasse dich.« Die Betonung ging mir nicht so leicht aus dem Kopf.

»Hass ist ein Gefühl, also fühlst du etwas, wenn wir ...«

»Ja, einen Würgereflex! Das fühle ich. Genauso chronische Übelkeit ... such dir was davon aus!«

Einen Moment lang versuchte ich in ihrem Blick zu lesen, ob sie das alles wirklich ernst meinte, aber diese Unsicherheit ... dieses Aufflackern, als ich sie gefragt hatte, ob sie mit mir ausgehen würde ... nein, ich bildete mir das nicht ein und meine Erfahrungen mit dem anderen Geschlecht sagten mir auch etwas anderes.

»Du wirst mit mir ausgehen.« Ich sprach eine Tatsache aus und das empörte sie noch mehr.

»Weißt du, was ich an euch Kerlen immer faszinierend finde?«, fragte sie mich und kam noch ein, zwei Schritte näher.

»Was?« Ich konnte diesmal diese Lippen und den klitzekleinen Ausschnitt nicht ignorieren.

»Es ist statistisch bewiesen, dass Männer stets objektiv und emotionslos denken. Warum zum Teufel gehört Größenwahn auch dazu?« Mit einem gespielten Grinsen verschwand sie schon wieder und das Gekicher ging los. Nur diesmal lachten sie über mich ...

AMBER

»Du! Bleib sofort stehen!«

Jill lief, nein sie rannte in die Damentoilette, aber hey, ich war auch eine, also was sollte das bezwecken? Ich rannte ihr mit meinem Becher in der Hand also hinterher, und fiel fast in sie hinein, weil Jill direkt vor dem Waschbecken stand.

»Du hast mich gerufen?«

»Hast du Blake gesagt, wo er mich finden kann?« Jetzt wartete ich darauf, dass sie sich aufregte, alles abstritt und mich für verrückt hielt, aber nichts passierte.

»Er wollte sich entschuldigen.«

»Hat er aber nicht!«

»Kein Wunder, bei deinem Naturell.« Jill drehte sich um und machte einen Schmollmund. Dabei betrachtete sie ihr eigenes Spiegelbild.

»Ich weiß, dass du ihm gesagt hast, wo er mich finden kann, und jetzt will ich gerne wissen, warum du das Blake Michaels erzählt hast!«

Sie zuckte mit der Schulter, als wäre das gar nichts gewesen. Für mich bedeutete das aber eine Menge.

»Jill«, drängte ich weiter.

Sie rollte mit den Augen. »Ich dachte, wenn du siehst, dass er nicht so kacke ist, wie alle sagen, wie du sagst, dann ...«

»Mo-o-oment mal! Woher willst du das bitte wissen?«

»Na ja, Nick hat gesagt, dass er gar nicht soo übel ist und ...«

»Nick? Nick O'Donnell? Der Nick, der im Football-team ist? Mein Laborpartner Nick O'Donnell?« Nach-dem ich jetzt ohne Pause geredet hatte, verstummte ich. War Jill wegen Nick eine völlig andere geworden? Sie blickte sich immer wieder im Spiegel an, wirkte selbstbewusster ...

»Oh, mein Gott. Du hast mit ihm geschlafen!«

»Schhh. Es kann dich sonst noch jemand hören!« Sie wollte mir tatsächlich den Mund zuhalten, aber ich wich gekonnt aus. So wie es aussah, waren wir hier sowieso unter uns.

»Irgendwann kommt es eh raus!«

»Was soll rauskommen? Ich habe nicht mit ihm geschlafen«, flüsterte sie und schaute beschämt zu Boden. So kannte ich Jill. Schüchtern, errötend und zurückhaltend.

»Und seit wann hast du bitte Kontakt zu Nick?«

»Keine Ahnung. Irgendwann während des Sommers sind wir uns begegnet, kamen ins Gespräch und na ja ...«

»Na ja? Dir ist schon klar, wenn ich dich frage, ob du mit ihm geschlafen hast und dabei nur »na ja« antwortest, dass das schon verdächtig klingt.«

»Du hörst auch nur das, was du hören willst, oder? Ich habe nicht mit Nick geschlafen. Zumindest schwingen da nicht nur diese Sexhormone herum. Wir keifen uns nämlich nicht immer nur an. Wir unterhalten uns auch.«

Jill wusch sich die Hände, während sie mich tadelnd anblickte. Und ich seufzte daraufhin nur frustriert auf. Was sollte das auf einmal? Sonst war sie immer die Freundin, die mir zuhörte und mir recht gab. Einen Sommer später wollte sie mir jetzt ausgerechnet Blake Michaels schönreden? Okay, schön war er ... Also attraktiv. Aber auf diese arrogante, beschissene Art. Keine Frau mit Verstand ließ sich auf ihn ein.

»Willst du mir jetzt durch die Blume sagen, dass zwischen mir und Blake irgendwas herumfliegt? Vielleicht die Choleraviren oder die Pocken, aber ganz sicher nicht ...«

Plötzlich schmunzelte meine beste Freundin und brachte mich wirklich aus dem Konzept. Und das schaffte so schnell eigentlich keiner. *Außer Blake ...*

»Was?«, herrschte ich sie also an. Dieses Gespräch auf der Toilette nervte mich so langsam.

»Belüg dich nur selbst. Dieses ganze »Ich hasse ihn« und »Er hasst mich«, kauft dir eh bald keiner mehr ab.«

»Wovon zum Teufel sprichst du?«

Seelenruhig trocknete sie ihre Hände an den Papiertüchern ab, ohne mich dabei aus den Augen zu lassen.

»Ich hab das im Gefühl. So, ich muss jetzt los. Bis später, ja?«

Ich sah ihr noch lang nach. Selbst als schon andere Weiber hereinkamen, war ich noch in meinen Gedanken versunken. Bis auch ich langsam bemerkte, dass ich zu spät zu meinem Laborkurs käme. Aber das machte nichts ... Nick war mein Laborpartner. Und ich hatte somit fast zwei Stunden Zeit ihn auszuquetschen und eine Antwort auf meine Frage zu bekommen: Was war mit Jill passiert?

Der Weg zum Seminarraum war nicht lang, und ich kam auch nicht zu spät. Professor Liberty verteilte gerade an jedes Paar Zettel. Vermutlich die Aufgabe der nächsten zwei Stunden. Verwundert darüber, dass Nick noch nicht da war, setzte ich mich schnell hin. Nick war sonst immer pünktlich. Eine Charakterbeschreibung, die bei einem Footballspieler eher selten vorkam.

Ich legte meine Tasche ab, holte Stift und Block heraus und erstarrte, als sich ein mir bekannter Typ neben mich setzte. Wobei jede verdammte Studentin ihn kannte.

»Was willst du hier?« Schnell hob ich die Hand, damit er ja nicht wieder anfing, irgendetwas zu erzählen, was ich nicht hören wollte. »Falls du Hilfe oder Unterstützung beim Lesen brauchst, dann hättest du einfach fragen können. Auf der Tür steht Labor, Blake. Der Kurs für »Wie werde ich sie los, ohne dass sie klammert« läuft ein paar Türen weiter.«

Statt eines blöden Spruchs oder einen von diesen verhassten Blicken, die er mir sonst immer zuwarf, war überhaupt nichts zu sehen und zu hören. Lässig wie er war, saß er auf dem Stuhl und grinste mich an.

»Ich rede mit dir. Das hier ist nicht dein Kurs, Blake«, sprach ich jetzt bissiger.

»Bleib locker. Liberty hat nichts dagegen.« Er nickte meinem Professor begrüßend zu, und was tat der? Unser Vorbild nickte lächelnd zurück.

»Das glaub ich jetzt nicht. Hast du ihm gedroht oder so was?«

»Gedroht?« Jetzt war er es, der kurz die Fassung zu verlieren schien.

»Ja, gedroht! Ihn fertig machen? Seinen Job zur Hölle machen, so was halt!«

»Jetzt bleib mal locker. Liberty ist einer der verrücktesten Footballfans überhaupt. Zwei Freikarten fürs nächste Spiel und du kannst praktisch alles von dem Alten bekommen ...«

Ich erwiderte seinen offenen Blick.

»Also, ich hoffe nicht alles. Sonst wäre das echt freakig. Und das war jetzt kein Spruch gegen Schwule. Fass das nicht wieder falsch auf!«

»Du willst mir jetzt sagen, dass du Professor Liberty ein paar Freikarten angeboten hast, um freiwillig zwei Stunden lang Mikroorganismen zu studieren und zu analysieren?«

Je mehr ich redete, desto mehr schien er zu grübeln. Egal was er vorhatte, am Unterricht teilzunehmen gehörte nicht dazu.

»Wenn du das so sagst, klingt es wirklich nach einer bescheuerten Idee. Aber wann zum Teufel hätte ich sonst mit dir reden sollen? Du bist wie eine ... Katze auf Speed.«

»Was?«, rief ich viel zu laut. Es starrten uns sowieso schon fast alle an, weil Blake verdammt noch mal nicht hierher gehörte, wobei Annie und Lydia ihn eher ansahen, als wäre er ihr Dessert.

»Okay, pass auf ...« Er seufzte, spielte mit meinem Stift herum, als wäre es sein eigener, und holte einmal tief Luft. »Ich will mich entschuldigen, wegen gestern Abend. Du hast mich den ganzen Vormittag genervt, dann kam da Linn in Mathe auf mich zu, und du vermasselst es mir.«

»Du meinst Jen«, korrigierte ich ihn.

»Dann eben Jen.«

»Wow. Du kennst nicht mal den Namen des Mädchens, das dich interessiert. Und du wunderst dich tatsächlich noch, dass ich dir gestern Abend die Meinung gesagt habe?«

»Glaub mir, ich wundere mich über nichts mehr, was dich angeht, Amber.«

Blake sprach selten meinen Namen aus, aber die Verwunderung darüber, wie er das jetzt tat, versuchte ich zu ignorieren.

»Und was meinst du jetzt damit?«, fragte ich ihn, während ich so tat, als würde ich auf das Arbeitsblatt schauen, das Professor Liberty verteilt hatte. Aber irgendwie interessierten mich die Formeln darauf nicht, genauso wenig die Arbeitsanweisung. Es machte mich nervös, dass Blake Michaels einen Meter von mir entfernt saß und anscheinend wirklich mit mir über irgendwas reden wollte.

»Dass ich dich einfach nur provozieren wollte, als ich Linn erwähnte und ...«

»Jen«, korrigierte ich ihn und fragte mich nicht das erste Mal, ob er mich nur ärgern wollte, oder ob er wirklich nicht wusste, wie Jen richtig hieß.

»Mann, bei uns drehte sich alles nur darum, sich gegenseitig fertig zu machen.« Ich öffnete den Mund, um ihm zu sagen, dass er sich irrte und ich gar keine Lust hatte mich mit ihm anzulegen, aber ich sprach es nicht aus. Seine Augenbraue zog sich nach oben und er schmunzelte. Gut, irgendwie stand ich doch drauf, mich mit ihm anzulegen. »Und gestern bin ich zu weit gegangen. Das tut mir leid.«

»Ernsthaft?«

Vermutlich starrte ich ihn gerade mit riesigen Augen an, aber eine Entschuldigung aus Blake Michaels Mund glich vermutlich einem Ritterschlag. Wie würde ich dann wohl heißen? Lady Amber Elisabeth Jenkins. *Gar nicht mal so übel ...*

»Ja. Und ... du hast auch recht mit dem, was du gesagt hast ... ich bin ein Egoist, ich denke nicht oft an andere ... also zumindest früher tat ich das nicht«, flüsterte er mir zu und ich war baff. Vor Schock lehnte ich mich an meinem Stuhl zurück und starrte diese Fata Morgana vor mir an. Das musste es doch sein. Denn was zum Teufel wollte der begehrteste Quarterback des Colleges eigentlich damit sagen? Dass er nicht nachtragend war? Blake Michaels?

»Du willst mir also sagen, dass du Nick überredet hast, nicht zu seinem Kurs zu kommen, und Liberty bestochen hast, weil du dich bei mir entschuldigen willst?«

»Jepp.« Die Antwort kam viel zu schnell und er bemerkte es selbst. »Okay ... vielleicht wollte ich auch noch ...«

»Ich wusste es«, rief ich wieder mal viel zu laut, aber ignorierte diesmal die Blicke. »Blake Michaels tut nichts aus reiner Herzensgüte.«

Eigentlich dachte ich, dass diese Spitze genau das war, was er brauchte, damit er endlich wieder der Arsch wurde, den ich nun mal seit über drei Jahren kannte. Aber nichts da. Blake starrte mich so eindringlich an, dass ich sofort aufhörte, ihn überheblich anzusehen.

»Du hasst mich«, schlussfolgerte er plötzlich, und überraschte mich schon wieder. Was sollte ich jetzt darauf sagen? Ja? Wäre das zu gemein? Aber war es denn auch so? Hätte mich jemand vor der Party gefragt, dann hätte ich ganz klar mit Ja geantwortet. Und jetzt? Es hatte sich nicht viel verändert, aber es fühlte sich an, als wäre etwas anders geworden ... war ich denn völlig verrückt geworden? Was sollte sich denn geändert haben?

Nur weil er jetzt hier saß und sich entschuldigte, war Blake jetzt kein Arsch mehr, oder was? Ne. So schnell konnte sich niemand ändern. Dazu müsste es schon einen verdammt guten Grund geben.

Also antwortete ich wahrheitsgemäß auf seine Frage, denn er blickte mich immer noch abwartend an.

»Ja.«

Statt zu lachen oder mir auch zu sagen, dass er mich nicht gerade mochte, nickte er und blickte stirnrunzelnd auf meinen Stift, mit dem er noch immer herumspielte.

»Geh mit mir aus!«

Ich schnaubte, blickte durch den Raum, aber jeder schien mit der Arbeitsaufgabe beschäftigt zu sein. Mich interessierte das gerade recht wenig, und Professor Liberty wohl auch, denn der befand sich bei den anderen Studenten und nahm kaum Notiz von uns. War das auch Blakes Werk oder genoss er wieder Sonderstatus? Wobei sich letztere Frage wohl erübrigte. Immerhin saß er gegen Bezahlung von zwei Footballtickets hier.

»Ich meine das ernst, Amber.«

»Und du kannst meine Reaktion ernst nehmen. Ich werde nicht mit dir ausgehen.«

Er lachte nicht. Ich lachte nicht. Und um ehrlich zu sein, gefiel mir das gerade ganz und gar nicht. Ich hatte einen bösen Spruch nach dem anderen losgelassen und er saß immer noch hier, um mit mir zu reden. Er hatte sich entschuldigt, ich hatte es hingenommen. Das Gespräch hätte doch jetzt beendet werden können. Warum saß er also jetzt immer noch hier? So cool wie Liberty reagierte, wäre es ihm sicher scheißegal, ob Blake hier saß oder nicht. Der Typ war nicht mal für dieses Seminar eingeschrieben, verdammt noch mal!

»Ich sage dir, ich hasse dich, und du willst mit mir ausgehen? Dir ist schon klar, wie krank das eigentlich ist«, erklärte ich ihm noch mal für Anfänger.

»Das ist vielleicht nicht die beste Ausgangslage, aber ich glaube ...«

»Nicht die beste Ausgangslage? Blake. Das halbe College wettet wöchentlich, wer von uns beiden den Kürzeren zieht. Wir haben vor dieser Party nur Sätze miteinander geredet, die am Ende immer mit einem Schimpfwort endeten. Und jetzt sitzt du hier und willst mit mir ausgehen?«

»Ja«, war seine simple Antwort darauf.

Egal wie lange ich ihm erzählen würde, dass das der größte Schwachsinn war, den ich jemals gehört hatte, konzentrierte ich mich endlich auf das Arbeitsblatt.

Ich spürte seinen Blick auf mir, versuchte es aber auszublenden.

Das klappte circa zehn Minuten, bis er scheinbar auch keine Lust mehr hatte stumm zu bleiben. Ich schaute gerade durch das Mikroskop, als er anfing zu reden.

»Warum trägst du eigentlich diese dicke Brille?« Die Abneigung gegen meinen Look war klar herauszuhören.

»Warum musst du immer die Klappe aufreißen, wenn dir niemand zuhören will.« Ich hatte die Brille abgenommen, um durchs Mikroskop zu schauen. Jetzt blickten wir uns beide an. Wieder konnte ich sein gutes Aussehen nicht ignorieren. Welche Frau tat das denn auch? Das halbe College hechelte ihm nach. *Die Typen wollen sein wie er, die Frauen wollen die Eine für ihn sein.*

Und jetzt saß er hier, und wollte mit mir ausgehen. Mit mir!

»Auf der Party hast du sie auch nicht getragen. Du sahst toll aus.«

»Okay, das reicht.« Ein ruhiger Blake war schon merkwürdig, aber ein netter, der noch Komplimente verteilte? Das war zu viel.

»Egal, was du damit bezwecken willst, du wirst es nicht bekommen.«

»Okay? Wenn du mir sagst, wovon du sprichst, kann ich dir auch eine Antwort geben.«

Blake war gut. Warum war ich nicht gleich darauf gekommen? Blake wollte sich rächen. Das wäre auch kein Wunder, wenn man bedachte, wie viele Leute gestern auf dieser Party waren.

»Vergiss es«, antwortete ich ihm und konzentrierte mich wieder auf die Arbeitsaufgabe. Wenn ich ihn mit seiner Racheaktion konfrontieren würde, würde er eh wieder irgendwelche Ausreden finden. Also beließ ich es dabei. Und diesmal ließ er mich in Ruhe. Die ganze restliche Stunde lang. Und leider Gottes meinte irgendwer oder irgendwas in meinem Kopf, dass er es vielleicht doch noch hätte versuchen sollen. Das war verrückt. Absolut verrückt.

BLAKE

Okay, das würde schwieriger werden, als gedacht. Nicht nur, dass ich Nick zwanzig Mäuse und eine Woche Putzdienst versprochen hatte, wenn er heute blau machen würde ... nein, ich war 90 Minuten später immer noch nicht viel weiter. Entweder haute Amber mir irgendeinen Spruch rein oder sie lachte mich aus, wenn ich irgendeinen entfernten Versuch startete, noch mal nach einem Date zu fragen. Dass sie gerade fluchtartig das Labor verließ, war ein weiterer Schlag für mein Ego. Mann, und wie dieses Mädchen gerade mein Weltbild zerstörte. Twilight Zone war nichts dagegen.

Ich verließ das Labor und ignorierte die zwei Zettel, dich ich von irgendwelchen Mädels zugesteckt bekommen hatte. Ebenso versuchte ich nicht, die Augen zu verdrehen, während die beiden dabei wie kleine Schulmädchen kicherten. Die Handynummern flogen in den erstbesten Mülleimer. Von Weitem konnte ich Amber sehen, sie lief wohl in die Mensa. Gut, Hunger hatte ich jetzt nicht, aber vielleicht könnte ich ja noch einmal mit ihr reden.

»Na, wie lief es?« Nick. Er grinste, wobei er das eher selten tat. Aber ich behielt den Gedanken für mich.

»So gut also?«

»Witzig.«

»Ich finde es wirklich lustig, wenn man bedenkt, wie leicht du es in den letzten Jahren beim weiblichen Geschlecht hattest.«

»Freut mich, dass ich dich amüsieren konnte«, antwortete ich trocken, musste ihm aber recht geben. Es war schon immer einfach gewesen. Zu einfach, wenn ich ehrlich war. Nie musste ich mich darum bemühen, dass mich jemand mochte. Ob es potenzielle Fickbeziehungen waren oder Kumpels.

Plötzlich lachten alle und klatschten.

»Shit«, sagte Nick und blieb stehen. Ich folgte seinem Blick. Wir standen wenige Meter vor dem Eingang zur Mensa. Amber stand direkt an der großen Tür wie ein begossener Pudel. Irgendwas triefte von ihrem Kopf herunter.

Wie angewurzelt blieb sie stehen, während ich Winter und die Jungs in der Mensa stehen sah und laut lachen hörte.

»Winter, du ...«

»Oh, mein Gott.« Die Stimme kannte und konnte ich auch sofort zuordnen, als Jill an uns vorbeirannte und direkt auf ihre beste Freundin zulief. »Amber! Was zum Teufel ...«

Immer noch kam nichts von Amber, die mit dem Rücken zu uns stand. Das waren also die letzten Liter der Fischsoße, die Winter noch gebunkert hatte. Verdammter ...

»Also ... jetzt wird's schwierig, dass sie überhaupt noch ein gutes Wort für dich übrig hat«, sagte Nick.

»Amber!« Die Panik in der Stimme ihrer besten Freundin alarmierte mich sofort.

»Ich ... ich krieg ...«, stammelte Amber und berührte ihre Brust. Ohne zu überlegen, rannte ich zu den beiden.

»Oh Gott, das ist doch jetzt keine Fischsoße, oder?« Jills Frage ließ mich aufhorchen.

»Ich denke schon«, antwortete ich und beobachtete genau, wie Amber immer blasser wurde. Also, dass was ich noch von ihrem Gesicht erkennen konnte.

»Sie ist allergisch gegen Fisch!«

»Was?«

Winter und die Idioten lachten immer noch, die Schar von Studenten fanden es wohl auch noch total witzig, aber gerade war das nebensächlich.

»Sie muss das Zeug loswerden.«

Amber hechelte nach Luft und ich reagierte einfach nur. Mit einem Ruck griff ich sie mir, zog sie über meine Schulter und rannte los. Mehrmals musste ich den Studenten ausweichen, die dumm in der Gegend herumstanden und glotzten.

Der Weg in die Duschen schien einige Meilen lang zu sein, aber als ich endlich ankam, stellte ich sie in einer der vielen Duschkabinen ab, drehte das Wasser an und wartete darauf, dass das Zeug endlich aus ihrem Gesicht floss. Sie hatte die Augen geschlossen, während ihr Atem immer noch stoßweise ging. Sie trug keine Brille mehr. Hatte sie sie verloren? Scheiß drauf, wichtig war, dass sie wieder Luft bekam.

»Ich brauche«, japste sie und klopfte auf ihrer Jeans. »... mein Medikament ...«

Blitzschnell reagierte ich, zog die Spritze aus ihrer Hose heraus und überlegte nicht lang. Meine Grandma hatte dieses Notfallmedikament immer dabei, um sich vor allergischen Schocks zu schützen. Ich pfefferte ihr die Spritze ins Bein und ließ die Flüssigkeit hinaus.

»Geht es dir besser?«, fragte ich sie, während Amber immer noch die Augen geschlossen hatte. »Amber?«

»Ich bin einfach froh, dass das Zeug runter von mir ist.«

Dann öffnete sie die Augen und begegnete meinem Blick. Das Wasser lief immer noch und auch meine Klamotten nahmen langsam einen sehr nassen Zustand an. Aber das registrierte ich kaum. Ich hielt sie fest, sie klammerte sich an mein Hemd und wir schauten uns einfach an.

»Danke«, brachte sie leise heraus.

»Wofür?«, fragte ich sie. Mein Kopf war gerade so was von leer. Wie in Watte gepackt, weil ihr Blick mich einfing und gefangen nahm. Gott, klang das kitschig, aber wenn sie in der Nähe war, war von dem alten Blake Michaels sowieso nicht viel übrig.

»Amber?« Der Moment war vorbei, bevor es ernsthaft zu einem kommen konnte. Ihre Freundin tauchte auf.

Amber räusperte sich und kam aus der Dusche.

»Ich glaube, Blake hat schnell genug reagiert.«

»Du hast gesagt, sie werden sich rächen. Es tut mir so leid, dass es dich erwischt hat. Nick hat mir gesagt ...«

»Mit Winter werde ich reden und das klären«, antwortete ich und trat aus der Dusche. Amber hatte sich ein Handtuch genommen, und trocknete sich die Haare. Aber das würde eh nur bedingt helfen, weil ihre Klamotten komplett durchnässt waren und ... ich verdammt noch mal nicht ignorieren konnte, dass man ihren schwarzen BH durch das Shirt sehen konnte. Fuck.

»Ich kann sehr gut auf mich selbst aufpassen und mit Corey werde ich reden«, sagte Amber. Auch wenn mich das nervte, dass sie widersprach ... sie war nun mal Amber ... eine Katze auf Speed.

»Sorry, Honey. Das wird nichts bringen. Winter hat die Aktion durchgezogen, weil er denkt, ich nehme dir das übel, was auf der Party abgelaufen ist.«

»Und das tust du nicht?« Allein schon, weil sie wieder fragen musste, hätte ich sie am liebsten über das Knie gelegt. Aber diese Option gab es nicht. Also noch nicht ... Man durfte ja träumen.

»Er hat dich so schnell, wie es geht, unter die Dusche gebracht«, ergriff ihre Freundin jetzt noch Partei für mich. Ja, man musste sie wirklich mögen.

Amber musterte mich mehrere Sekunden lang.

»Da du keine Wechselklamotten hast, solltest du nach Hause gehen. Du wohnst im Wohnheim, richtig?« Sie nickte, verriet aber nicht mehr. Natürlich nicht.

Ich blickte ihre Freundin an. »Bring sie am besten hin. Achte darauf, dass sie wirklich frei ist von jeglichem Fisch ... na ja, von der Soße weg. Und dann schickst du mir bitte ihre Handynummer, damit ich ...«

»Was? Nein. Du brauchst meine Nummer nicht, ich ...«

»Klar. Ich nehme an, du hast was zu erledigen?«, fragte ihre Freundin mich.

»Hab ich.« Ich schaute nicht mehr zu Amber, die lautstark mit ihrer besten Freundin stritt, dass sie ja nicht wagen sollte, ihre Nummer weiterzugeben.

Ich musste wirklich lernen, nicht sofort wieder Namen zu vergessen. Das passierte mir ständig, wobei dass jetzt wirklich eines der ersten Male war, dass es mich störte. Den Namen von Ambers bester Freundin nicht zu kennen, war echt traurig. Wobei „Amber« ...

schon von Anfang an einer der ersten Namen war, den ich auf dem College nie vergessen hatte.

Ein Zeichen. Eindeutig ein Zeichen ...

Meine Klamotten waren an manchen Stellen echt nass. Wären wir nicht in Kalifornien, würde mich das gerade wirklich ankotzen, aber das Gefühl konnte ich auf andere Dinge lenken. Zum Beispiel auf meinen Kumpel Winter, der lachend immer noch in der Mensa saß und sich gerade von irgendeinem Mädchen betatschen ließ.

»Hey! Auch wieder da?«, rief er mir zu, als er mich kommen sah. Auch wenn mich seine Art schon eine Zeit lang echt nervte, war da jetzt nur noch Wut übrig. Er hatte es nicht kommen sehen, so verspürte ich noch doppelt Genugtuung, als meine Faust seinen Kiefer traf.

Jason stand hastig von der Bank auf, als Winter auf dem Boden lag und Blut ausspuckte. Meine Faust pulsierte leicht, aber das war nebensächlich.

»Bist du völlig ...«

»Hab ich dir nicht gesagt, dass die Scheiße mit den Streichen ein Ende hat?«

Längst hatten sich die meisten Studenten um uns versammelt. Jedes Mal war es doch das Gleiche.

»Sie hat dich lächerlich ...«

»Und?«, brüllte ich ihn an. »War das etwa gelogen, was sie gesagt hat?«

Winter starrte mich an, während seine Lippe langsam anschwoll.

»Ich hab dir verdammt noch mal keinen Grund gegeben, ihr den Scheiß anzutun.«

»Aber ...«

»Fuck, nichts aber! Sie ist allergisch gegen Fisch, du Vollidiot. Weißt du, was du angerichtet hast?«

»Allergisch?«, wiederholte er so überrascht, als hätte er noch nie von diesem Wort etwas gehört.

»Geht es ihr gut?«, fragte Jason plötzlich und sorgte jetzt nicht gerade dafür, dass ich mich beruhigte.

»Ja, geht es. Gott sei Dank. Wenn du deine Scheiß-Birne mal einschalten würdest, Winter, dann ...« Okay, es wäre jetzt mal gut, kurz Luft zu holen. »Amber Jenkins ist tabu! Du wirst sie in Ruhe lassen, und wenn nicht, fliegst du aus dem Team!«

»Was?« Winter stand hastig auf, und schien nicht zu fassen, was ich da gerade sagte. Konnte ich irgendwie auch nicht, aber hey, ich drehte ja praktisch nur so verrückte Dinger, seit es um Amber ging. »Das ist nicht dein Ernst, Blake. Das kannst du nicht bringen.«

»Mir ist scheißegal, was du denkst. Amber ist tabu.« Ich wandte mich allen Leuten zu. »Niemand rührt sie an, oder er bekommt es mit mir zu tun!«

Wunderbar. So habe ich gerade schon mal allen Schwanzträgern klargemacht, dass sie nicht angerührt wird.

»Was soll das heißen?« Jason kam ein paar Schritte auf mich zu und schien richtig angepisst.

»Das geht dich nichts an.« Mehr war nicht zu sagen. Wenn man Jason eine zu große Plattform einräumte, war das gar nicht gut. »Hast du das verstanden, Winter?«

»Ja«, war seine leise Antwort. Die genügte, weil sich niemand gegen mich stellte. Selbst ein Versuch würde schiefgehen. Noch war ich Captain des Teams.

»Training heute um fünf Uhr. Kommt pünktlich«, war meine Ansage, dann ließ ich sie allein. Kellys angepisster Ausdruck, als ich an ihr vorbeilief, war

Aussage genug. Aber das interessierte mich gerade einen Scheiß. Ich konnte nur an dieses Mädchen unter der Dusche denken und bekam schon einen Ständer. Allein von einem Bild in meinem Kopf. Verdammt, ich war keine 15 mehr ... aber genauso fühlte es sich an. Einfach nur ... rattenscharf!

AMBER

»Geht es dir wirklich gut?«

»Ich sage es dir nur noch einmal. Ja, es geht mir gut, Schwester Jill.« Sie hatte mir beim Aus- und Ankleiden geholfen, trocknete mich ab, legte mich ins Bett wie so einen Säugling und kochte für mich Tee.

Ich lag also in meinem Bett und Jill stand in der Tür, um mich noch mal prüfend anzusehen.

»Du rufst sofort an, wenn es dir schlechter gehen sollte.«

»Mir geht es gut, verdammt. Das Zeug war ja schnell runter von mir.« DAS hätte ich nicht sagen sollen. Denn wieder grinste sie. Jill grinste die ganze Zeit, wenn wir auf das Thema Blake kamen.

»Ja, und ich hoffe, du wirst deinem Retter es auch danken.«

»Okay, der Unterton macht mir jetzt echt Angst.« Tat es wirklich.

»Mann, Amber. Blake steht total auf dich.«

»Quatsch!«

»Ach wirklich? Das ist also Quatsch? Warum hat er dich dann unter die Dusche gestellt?«

»Weil er etwas mehr Hirnmasse als die anderen Idioten im Kopf hat und gecheckt hat, dass es mir nicht gut geht, was weiß ich denn ...«

»Früher fand ich deinen sturen Kopf echt noch lustig, jetzt wird es langsam lächerlich.«

»Ja gut, dann nehmen wir mal an, er steht auf mich. Sag mir mal, wie das funktionieren soll? Er ist der beste Quarterback seit zwanzig Jahren in Berkeley. Weißt du eigentlich, was für Türen ihm offenstehen?«

»Und du bist Cinderella oder was?« Die dicke Falte auf ihrer Stirn gefiel mir nicht.

»Nein, aber ich hasse Menschen, die meinen, sie wären etwas Besseres, etwas ...«

»Jetzt mal halblang.« Sie setzte sich an die Bettkante. »Merkst du eigentlich, dass du dir widersprichst? Erst zweifelst du an, dass ihr beide aus völlig verschiedenen Welten kommt, und dann kritisierst du genau die Menschen, die mit zweierlei Maß messen!«

»Das ...« *Stimmt nicht.* Aber wenn ich ehrlich zu mir selbst war, hatte sie gar nicht so unrecht. Aber allein der Gedanke, Blake würde sich ernsthaft für mich interessieren, war doch verrückt.

»Dir ist schon klar, dass das total absurd ist. Er hatte noch nie eine Freundin. Keine feste und ... ich bin ganz sicher nicht dazu geschaffen, eine von vielen zu werden.«

Allein schon, dass ich mich mit dem Thema »Blake Michaels und Beziehung« beschäftigte, war völlig bescheuert. Alles nur, weil Jill sich da irgendwas zusammenreimte.

»Wir werden sehen. Es wird auf jeden Fall interessant, die Entwicklung ...«

»Es gibt keine Entwicklung, und jetzt hau ab.« Sie hatte noch ein Seminar und würde zu spät kommen, wenn sie hier weiter herumstehen würde.

»Ich ruf dich nachher an.« Wieder eine Drohung, auf mich aufzupassen. Mann, was ein Angriff mit Fischsoße so herbeiführte. Verrückt ...

Irgendwann musste ich wohl eingenickt sein ... meine Mitbewohnerin Gin - ja sie nannte sich wirklich nach einer Spirituose - war wie immer nicht da. Sie schlief meist bei ihrem Freund und somit lebte ich praktisch allein. Was natürlich auch so seine Vorteile hatte.

Verschlafen streckte ich mich und versuchte anhand meiner Atmung herauszufinden, ob alles okay war. Meine Nase war nicht verstopft, mein Hals nicht angeschwollen. Alles war bestens. Also ... wie man es nach einer Fischsoßenattacke sein konnte, wenn man ausgerechnet gegen den Hauptbestandteil allergisch war. Im Grunde kam die Attacke nicht überraschend. Ich hatte Blake lächerlich gemacht und normalerweise hätte auch er so etwas planen können. Hatte er aber ganz offensichtlich nicht, denn seine Überraschung darüber war ihm anzusehen gewesen.

Und er hatte mir zumindest einen Krankenhausbesuch erspart, als er mich rasch in die Dusche stellte und mir mein Notfallmedikament spritzte. *Die Dusche ...*

Immer noch konnte ich seinen Blick nicht vergessen. Sah er jedes Mädchen so an? Dann wunderte es mich nicht, dass sie alle seinem Charme erlegen waren.

Was?

Ich stand auf und lief durch mein kleines Zimmer. Hatte ich gerade gedanklich zugegeben, dass ich nachvollziehen konnte, eine von vielen für Blake zu werden? Neeein! Ganz sicher nicht.

Ich kontrollierte meinen Atem. Getrunken hatte ich nicht. Vielleicht war es ja die Soße gewesen. Die musste irgendwas mit meinem klaren Verstand gemacht haben, oder es waren die Flausen, die Jill mir einzureden versuchte. So musste das gewesen sein.

Mein Handy klingelte und ich zuckte zusammen. War er das jetzt? Jill wollte ihm meine Handynummer geben, und das, obwohl ich ihr mehrmals sagte, sie sollte das nicht tun. Jill könnte auch die 1. Vorsitzende des Blake-Michaels-Fanclubs sein, so verrückt war sie momentan bei dem Gedanken, ich und er könnten irgendwas zusammen anfangen ...

Mein Handy lag auf dem Bett und mein Herz pochte wie verrückt. Wenn er es war, sollte ich wirklich rangehen? Aber wenn ich nicht rangehen würde, dann wäre das doch auch total fies. Immerhin hatte er mir vorhin wirklich geholfen ...

Die Entscheidung war gefallen und somit griff ich mir schnell das Handy und entspannte mich sofort. Vielleicht war es auch Enttäuschung, die ich spürte.

»Hey Mom. Was gibt es?« Ich setzte mich auf mein Bett und versuchte mich trotzdem über den Anruf zu freuen.

»Hey, meine Große ...« Sie schniefte und ich war sofort in Alarmbereitschaft.

»Was ist passiert? Geht es Zoe gut?« Sofort dachte ich an mögliche Unfälle, schlimme Verletzungen und ...

»Nein. Nur ... sie hat heute einige Dinge gesagt ...«

»Mom ... du weißt, dass sie das nicht so meint.«

»Ja«, schniefte sie weiter. »Aber es ist so ... tut mir leid, dass ich dich anrufe. Du bist gerade erst wieder auf dem College, da sollte ich nicht ...«

»Ich kann auch ruhig noch ein paar Tage dranhängen, wenn es dir hilft, Mom.«

»Ich weiß nicht …« Das tat sie immer. Mom würde lieber wollen, dass ich keine Seminare schwänzen müsste, aber ich war mittlerweile alt genug, um selbst für mich zu entscheiden.

»Ich komme. Es ist sowieso noch nicht viel los. Ich werde Jill bitten, mir meine wichtigen Unterlagen zu mailen.«

»Aber …«

»Bis später.«

Ich brauchte knapp eine Stunde nach Oakland mit dem Zug. Und dann noch mal eine halbe Stunde mit dem Bus. Aber dann war ich schon in meinem alten Elternhaus. Es war klein, aber fein, wie mein Dad damals immer sagte. Ich schrieb während der Fahrt schnell Jill, aber bisher kam nichts zurück. Vermutlich hatte sie wieder mal ihr Handy verlegt. Das passierte ihr fast täglich.

Blakes Nummer besaß ich nicht und ich war ehrlich zu stolz, Jill danach zu fragen. Ich konnte mich bei ihm bedanken, wenn ich wieder zurück war

»Ich bin wieder …«

Das gesamte Wohnzimmer bestand aus einem riesigen Haufen … Spielzeug. Zoes Spielzeug. An sich war das gar nichts, aber sie hatte Regeln einzuhalten, und Mom schien gerade nicht in der Verfassung zu sein, sie durchzusetzen.

»Aaaaaaa«, rief meine kleine Schwester aus der Küche und rannte mich fast um. Zoe war sieben Jahre jünger als ich und überraschte mich jedes Mal aufs Neue, wenn ich nach Hause kam.

»Na, wie geht es dir?« Ich streichelte ihr über den Kopf, die dunklen Haare hingen ihr wild aus dem geflochtenen Zopf und ihr Mund war mit irgendwas Dunklem verschmiert. Ich vermutete, es war Schokoladenpudding. Ein weiteres Indiz dafür, dass Mom überfordert war.

»Gut, geht's mir. Gut. Du A ...« Sie lehnte sich zu mir rüber, um mir etwas zuzuflüstern. »Mom weint oft abends.«

»Wie wäre es, wenn du etwas aufräumst.«

»Nein!« Wütend stampfte sie auf der Stelle, ich nahm ihre Hände und blickte ihr direkt in die Augen. Das mochte sie nicht und zeigte Wirkung.

»Ich werde es nur einmal sagen: Du räumst jetzt bitte auf.«

»Ja«, antwortete sie und begann langsam damit, das Spielzeug aufzuräumen. Ohne zu warten, lief ich in die Küche. Mom war gerade dabei den Tisch abzuwischen. Zoe hatte mehr Pudding auf dem Tisch verteilt, als gegessen.

»Das ging aber schnell.« Sie versuchte, ihre Tränen zu verstecken, was nichts brachte.

»Mom ...« Ich ließ meinen Rucksack fallen und fiel ihr in die Arme. Dann begann das Schluchzen von Neuem. Die Dämme brachen. Und das taten sie selten bei meiner Mutter. Aber wenn ... dann war ich da.

Zoe war meine kleine Schwester und Autistin. Mom sagte immer, man bemerkte schnell, dass sie anders war. Zoe lebte oftmals in ihrer eigenen Welt, wenn die kleinen Kids oder ich mit Karten spielten, interessierte sie sich für Schmetterlinge im Garten. An sich war das nichts Schlimmes, aber wenn die eigene Schwester das Trinken und Essen vergaß, weil dieser verdammte Schmetterling da draußen interessanter war, dann machte man sich langsam Sorgen. Sprachlich und geistig war sie auf dem Stand eines Grundschülers. Sie war im Sommer 15 Jahre alt geworden.

Meine Schwester war ein tolles Mädchen. Sie empfand nur selten Mitgefühl oder irgendein anderes Gefühl, das der Gesellschaft helfen könnte, sie besser zu verstehen. Aber sie liebte das Kuscheln und das Lesen. Und somit war sie als meine Schwester perfekt, so wie sie nun mal war.

Als unser Dad vor sechs Jahren starb, veränderte sich alles. Mom war nun ganz allein. Wir lebten von den Ersparnissen, die Dad hinterlassen hatte, und der Lebensversicherung. Aber es war nicht genug. Während Mom vormittags arbeiten ging, verbrachte Zoe die Stunden in einer Einrichtung für Autisten. Diese musste allerdings auch bezahlt werden, sodass nicht mehr viel übrig blieb. Ich finanzierte mein Studium dank eines Stipendiums. Eigentlich wäre ich auch gerne hier geblieben, um Mom mit Zoe zu helfen, aber sie bestand darauf, dass ich aufs College ging. Und ich wollte es ja auch ... immerhin konnte ich mich dann nach einem gut bezahlten Job umsehen, um Mom und Zoe zu helfen. Erst einmal musste meine Anwesenheit helfen.

»Wie wäre es ...«, schlug ich vor, nachdem Mom mich losgelassen hatte, »... wenn du ein Bad nimmst, und ich mich um Zoe kümmere.«

»Hast du denn keinen Hunger?«

»Ich mach mir was, wenn ich Hunger habe, okay. Geh du nach oben und ruh dich aus.«

»Sieh mal, A ...« Das war auch so eine Sache. Zoe konnte so gut wie alles deutlich aussprechen, aber meinen ganzen Namen weigerte sie sich auszusprechen. Zoe hielt mir ein selbst gemaltes Bild hin, als Mom ihr einen Kuss auf die Stirn drückte und dann nach oben ging.

»Ich hab uns auf dem Rummel gemalt. Gehst du morgen mit mir hin? Gehst du? Gehst du?«

Zwei Stunden später lag Zoe mit ihrer Lieblingspuppe in ihrem Bett und schlief. Ich klappte das Buch zu, das ich ihr gerade noch vorgelesen hatte. Wenn sie so schlief, erinnerte sie mich immer an unseren Dad. Der kräuselte auch immer so niedlich die Nase, wenn er schlief.

»So früh schläft sie sonst nie ein«, kam es von Mom, die mit Jogginghose und nassen Haaren im Türrahmen stand.

»Ich hab sie auch ganz schön beschäftigt«, grinste ich und lief langsam aus ihrem Zimmer.

»Vielleicht, aber wenn du da bist, dann ist sie sowieso entspannter.« Wir gingen beide hinunter. Der Fernseher lief noch, während Mom zwei Weingläser hinstellte und uns einschenkte. Das taten wir immer mal wieder zum Abend hin.

»Ich sollte dich nicht immer anrufen, Amber.«

»Mom ...«

Sie griff nach ihrem Glas und blickte mich sorgenvoll an. Mom war immer eine schöne Frau gewesen, aber es war nicht zu übersehen, dass die letzten Jahre Folgen zeigten. Ihre Augenringe wurden immer tiefer, sie verlor stetig an Gewicht.

»Es stimmt. Und ich weiß, dass Zoe besser in einer Einrichtung aufgehoben wäre, wo sie mit Gleichaltrigen reden und spielen könnte.«

»Darüber haben wir doch schon gesprochen.« An sich fand ich die Idee nicht schlecht, aber es war auch kein schöner Gedanke, sie in fremde Hände zu geben.

»Ja, und ich weiß auch, dass ich mich endlich lösen muss. Wir brauchen Unterstützung. Zoe braucht viel mehr Aufmerksamkeit, und die kann ich ihr oft nicht geben. Das ...«

»Wenn ich erst einmal einen Job habe, dann können wir ihr längere Betreuungen finanzieren, Mom.« Sie lächelte, aber das Lächeln erreichte nicht ihre Augen. »Die nächsten Tage bin ich erst mal wieder hier. Danach sehen wir weiter. Okay?«

»Du siehst blass aus«, ignorierte sie meine Frage.

»Ach was. Ich bin nur müde.« Den kleinen Vorfall von heute Mittag erwähnte ich nicht. Mom hatte genug Sorgen.

»Hast du schon Jill treffen können?«

»Mmh ...« Hastig nahm ich einen Schluck vom Wein. Alkohol tat gerade sehr gut.

»Und deine anderen Freunde?«

»Du, Mom, ich geh schlafen. Ich bin echt k.o.«

»Natürlich. Ich geh auch gleich schlafen. Gute Nacht, Große.«

Ich machte es mir mit einer Matratze in Zoes Zimmer gemütlich. Denn mehr Platz hatten wir nicht. Als ich auf die Decke mit den leuchtenden Sternenstickern starrte, die Zoe so liebte, dachte ich an mein Leben zurück ... Ich hatte kein schlechtes, aber wir lebten nie mit viel Geld. Dad erzog uns zu sparsamen

Menschen, und wir wussten, dass jeder Penny hart erarbeitet war. Dann starb er und wir blieben zurück. Mit guten Werten, wie ich fand, aber arm. Das Haus war klein, dennoch bot es Platz zum Schlafen. Ich kannte Blakes Leben nicht, aber ich wusste, dass er sich noch nie Sorgen um das liebe gute Geld machen musste. Wie würde er auf das hier alles reagieren? Ich schämte mich nicht für mein Leben, aber genauso wenig könnte ich damit leben, wenn er Zoe, wenn er mein Leben nicht akzeptieren könnte.

Ich schüttelte den Kopf.

»Worüber reden wir hier eigentlich, Amber?«, sprach ich mit mir selbst, drehte mich dann um und versuchte, endlich Schlaf zu finden.

BLAKE

»Ich werde auf jeden Fall die heiße Rothaarige mit-
nehmen. Ich sage euch, die kann ...«

Irgendeiner von den Jungs warf eine Tomate nach
Winter. Wir saßen in der Mensa und die Idioten sprachen von irgendwas, das mich einen Scheiß interessierte. Dennoch nervte sein dauerhaftes Gelaber über
irgendwelche Weiber. Immerhin befanden wir uns
hier, um etwas zu essen, und es auch am Ende drin
zu behalten.

»Mit wem gehst du hin, Blake?« Jason fragte mich
offensichtlich nur aus einem einzigen Grund, und das
kotzte mich gerade an. Dennoch versuchte ich ihm,
keine Vorlage zu bieten.

»Keine Ahnung, ob ich überhaupt hingehe.«

»Was? Es ist Halloween, Mann.« Für Winter würde ich eine Todsünde begehen, wenn ich nicht auf
irgendeine dieser hohlen Partys gehen würde. Das
stand schon mal fest. Vermutlich redeten sie gerade
über die alljährliche Mottoparty.

»Er heult Amber hinterher«, schnaubte Jason.

»Halt die Klappe. Sorg lieber dafür, dass du ordentlich spielst am Wochenende«, konterte ich und biss
von meinem Sandwich ab.

»Hey, Jungs!« Jill setzte sich neben Nick, der auf einmal von seinem Buch hochsehen konnte und sie angrinste. Das tat er seit Tagen, und seit Tagen wich Jill ihm nicht mehr von der Seite. Und obwohl es offensichtlich war, dass die beiden ein Paar waren, mussten die Jungs sich noch daran gewöhnen, dass jetzt ein Mädchen hier saß. Eines, dass morgen auch wiederkommen würde.

»Und? Hat sich Amber bei dir gemeldet?« Sie wollte mich verarschen. Wirklich. Seit vier Tagen fragte sie mich das jetzt, und am Anfang glaubte ich ihr ja ehrlich noch, dass Amber sich melden würde. Aber das tat sie einfach nicht. Jill gab mir wenige Stunden nach dem der Fischsoßen-Vorfall Ambers Nummer. Ich schrieb ihr eine Nachricht und seitdem: nichts. Auch als ich danach mehrmals bei ihr anrief, ging nur die Mailbox ran.

»Sag mir einfach, wo sie hin ist und ich fahr zu ihr.« Vielleicht war sie auch in Mexiko für einen Kurztrip, aber das war mir gerade echt scheißegal.

Jill tat so, als würde sie darüber nachdenken.

»Keine Option.«

»Dann sag mir wenigstens, ob es ihr gut geht.«

»Wenn sie ... na ja beschäftigt ist, dann hat sie wenig Zeit zu telefonieren. Aber frag sie doch einfach persönlich.«

Sie grinste und nahm sich den Becher von Nick, um daraus zu trinken.

»Persönlich?« Ich schnaubte. »Das wäre eine Option, wenn sie verdammt noch mal hier ...«

Jill zeigte mit ihren Augen in eine Richtung und mir blieb das verdammte Herz stehen. Langsam wie in so einer beschissenen Slow-Motion-Szene drehte ich mich um und sah sie. Amber stand an der Ausgabe und nahm sich gerade ein Sandwich. Vier Tage waren, soweit ich noch rechnen konnte, 96 Stunden, die ich sie nicht gesehen hatte. 96 Stunden, in denen ich keine Ahnung hatte, was eigentlich ihr Problem war.

Sie trug eine enge Jeans und diese 08/15-T-Shirts, die ich so nur von ihr kannte. Dieselbe dämliche Brille schmückte ihr Gesicht, und derselbe langweilige Zopf hielt ihr Haar zusammen. Und es war alles, was ich wollte. Sie, stinknormal. Nicht aufgesetzt. Und was tat Amber? Sie interessierte sich einen Scheiß für mich. Das bewies doch ihre Null-Bock-Einstellung, mir zurückzuschreiben.

Jason oder Nick würden jetzt sagen: Ironie des Schicksals, oder? Wie viele Frauen würden ohne zu zögern was Festes mit mir eingehen wollen? Wie viele von denen würden mir den Arsch küssen, nur damit ich glücklich wäre? Und ich Depp suchte mir das komplizierteste, nein, womöglich das undurchsichtigste Mädchen aus, das es auf diesem verfluchten College je gegeben hatte.

Und das war mein Problem! Ich konnte mir jetzt einreden, dass es dieses »Anderssein« war, dass mich zu ihr hinzog. Aber es war viel mehr als das. Normalerweise verbrauchte ich in den vier Tagen eine Menge Kondome, einfach, weil ich es tun konnte. Und wie sah es jetzt aus? Vier Tage lang holte ich mir einen runter, allein. Und dachte dabei an ein Mädel, das sich nicht eine Sekunde einen Kopf um mich gemacht hatte. Diese Pille musste ich wohl oder übel schlucken. Vor allem musste ich erst mal meinen trockenen Hals loswerden, als ich sah, wie Amber tatsächlich auf uns zugelaufen kam.

Sie wollte sicher zu ihrer Freundin.

»Du bist wieder da«, jubelte Jill und umarmte ihre Freundin.

»Ja«, antwortete sie unsicher und schien überrascht, dass sie tatsächlich bei uns saß. Tja, das war auch so eine Sache. Was, wenn Amber jetzt auch immer die Pausen mit uns verbringen würde? Ehrlich, ein kleiner Teil von mir wollte es sogar.

»Du siehst müde aus.« Jills Feststellung stimmte. Unter der Brille wirkten ihre Augen nicht so wach, wie noch vor vier Tagen. Wo zum Teufel hatte sie gesteckt?

»Ähm ... Amber?« Winter stand wie ein geprügelter Knecht vor ihr und starrte seine Schuhe an. Amber sagte nichts und wartete ab. Ihre ernste Miene verriet, dass sie die Aktion mit der Soße auch noch nicht vergessen hatte. »Ich wollte mich entschuldigen, wegen der Aktion mit der Fischsoße. Und gut, dass du nicht erstickt bist.« Nick kicherte, Jason schüttelte seufzend den Kopf und ich musste schmunzeln.

»Danke.« Sie schien etwas verwirrt, sagte aber daraufhin nichts weiter.

»Cool.« Winter setzte sich wieder.

»Hey, Blake.« *Verhört.* Das war der erste Gedanke, als ich Amber meinen Namen sagen hörte.

»Hey«, antwortete ich ihr, blickte sie aber nicht an, und alle bemerkten es, sagten aber nichts dazu.

»Ich wollte ...«

Das Sandwich, das mir wie immer nicht schmeckte, bekam mehr Aufmerksamkeit von mir geschenkt.

Gegen mein Ego konnte ich halt nicht viel unternehmen. Vor allem, wenn man darauf herumgetrampelt hatte. Wenn *SIE* darauf herumgetrampelt hatte ...

»Kannst du mich mal ansehen, wenn ich mit dir rede?«

»Ich esse, falls du es nicht sehen solltest«, konterte ich und brachte meine gesamte Selbstbeherrschung auf, um sie nicht anzusehen.

»Was zum Teufel ist dein Problem?«

»Mein Problem?«, fauchte ich, stand auf und ignorierte dabei das Tablett vor mir, das zu Boden flog. Vermutlich hatten wir so wieder mal die gesamte Mensa auf uns aufmerksam gemacht, immerhin war das Geräusch des heruntergefallenen Tabletts das einzige, was man hier hörte.

»Du warst vier Tage einfach verschwunden.«

»Und?«, fragte sie, als wäre das nichts gewesen. »Ich musste mich um ein paar Dinge kümmern.«

»Und dabei konntest du mir nicht einmal auf eine verfluchte Nachricht antworten?«

Sie runzelte die Stirn. »Was für eine Nachricht?«

»Die Nachricht, in der stand, dass ich dich abends anrufe, um zu wissen, ob es dir auch wirklich gut geht.«

»Die habe ich nie bekommen«, behauptete sie jetzt etwas ruhiger.

Seufzend kramte ich mein Handy aus der Hosentasche und checkte ihre Nummer. »555-465581, das ist doch deine Nummer.«

»465584, nicht mit eins hinten, sondern einer vier«, stellte sie klar und ich seufzte. Das durfte doch echt nicht wahr sein!

»Uups. Sorry, dann hab ich sie dir falsch diktiert«, haute sich Jill gespielt getroffen auf die Stirn.

»Baby«, seufzte jetzt auch Nick.

»Amber ...«, versuchte ich es jetzt etwas ruhiger. Shit, war das gerade peinlich. Die Jungs, zumindest alle bis auf Jason, blickten mich an, als hätte ich den Verstand verloren.

»Vergiss es, Blake. Es war völlig verrückt, zu denken, dass ich mich einfach nur bedanken kann und ...«

»Du wolltest dich bedanken?«, fragte ich jetzt völlig verwirrt.

»Das spielt doch jetzt keine Rolle mehr!«

»Für mich schon.« Ich war ihr näher gekommen und sie bemerkte es. Ihr Blick flog zu meinem Oberkörper, dann zurück in mein Gesicht.

»Warst du bei einem Kerl?«

»Was?« Ihre Stirn bildete noch mehr Denkfalten, was mich etwas beruhigte.

»Warst du bei einem Freund?«

»Nein.«

»Bei deinem Freund?« Diese Frage stellte ich mir die letzten vier Tage wie verrückt. Auch wenn Jill mir versicherte, dass Amber keinen hatte, wer wusste das schon so genau? Außer sie selbst.

»Was für einen Freund?«, fauchte sie und das beruhigte mich verdammt noch mal sehr. *Armageddon abgewendet.*

»Dann geh mit mir aus!« Warum nicht dort anfangen, wo es aufgehört hatte?

»Was zum Teufel nimmst du zu dir, dass du immer wieder mit diesem Scheiß ankommst?«

»Nichts, was dem da ...«, mein Blick fiel runter zu meinem Schritt und tatsächlich folgte sie meinen Augen, » ... schadet, das kann ich dir versprechen.«

»Gut, dass mich das niemals interessieren wird.«
Wir sprachen mittlerweile so leise miteinander, dass es niemand hören konnte. Vermutlich wurde ich deswegen wieder der alte Blake Michaels. Der, der genau wusste, wie er auf weibliche Wesen reagierte.

»Geh mit mir aus!«

»Nein!«

Sie war so stur!

»Komm schon, nur einmal.« Sie schnaubte, während sie die Arme vor dem Oberkörper verschränkte. »Du wirst es nicht bereuen.«

»Nein!«

Sie war nicht stur, die Frau war hartnäckiger als Putin und Trump zusammen, verdammt noch mal!

»Wovor hast du Angst?«

Ich konnte mir schon denken, dass sie an mir zweifelte. Welche Frau mit Verstand würde das nicht? Aber mehr als ihr sagen, dass das mit ihr anders lief, konnte ich nicht. Hatte ich ihr das eigentlich so schon gesagt?

»Ich habe sicher keine Angst vor dir!«

Ich zuckte lässig mit der Schulter. »Na, dann kannst du ja mit mir ausgehen.«

»Nein!«

»Warum nicht?«

»Weil ... weil ... aarrgh ... ich muss zu meinem nächsten Kurs.« Tatsächlich drehte sie sich um und ließ mich allein zurück. Dennoch konnte ich mir das Grinsen nicht verkneifen.

»Na, das lief ja super.« Nicks Sarkasmus war nicht hilfreich, trotzdem war ich zufrieden mit mir.

»Also, es war ein Fortschritt. Immerhin habt ihr euch nur kurz angeschrien«, kam von Jill, und von den Jungs hörte ich ein zustimmendes Gemurmel. »Und Blake grinst, es lief also doch nicht so schlecht.«

»Sie ist wieder hier und jetzt kenne ich ihre richtige Handynummer. Jungs, auf welche Party wollen wir noch mal an Halloween?«

Die Jungs jubelten.

AMBER

»Du dumme Bitch!«

Simon aus meinem Chemiekurs übergab mir gerade meinen versäumten Lernstoff, als Kelly auftauchte. Wir standen mitten im Flur, und so wie sie aussah, wollte sie eine Szene. Und wie immer bekam sie eine, wenn sie wollte.

»Danke, Simon.« Simon war schmächtig, schüchtern und redete nur mit einem, wenn man das Gespräch suchte, also sollte er bloß vor Kelly und ihrer Gummibärenbande sich in Acht nehmen. Ja, die Mädels trugen bunte Kleider, tranken eine Menge Diät-Limo, weil sie wirklich dachten, nur Zucker würde zählen, um fett zu werden, und tatsächlich wartete ich nur noch darauf, dass sie herumhüpften wie dicke kleine Gummibären. Die waren ja eigentlich süß. Wobei Nippelzeigen jetzt nicht als »süß« durchgehen würde.

»Kelly. Hallo!«, begrüßte ich sie.

Ich drehte mich zu ihr um und wieder starrten mich alle an. *Ehrlich, bald kann ich auch einfach ein wöchentliches Memo an die gesamte Studentenschaft schicken ...*

»Du lebst also noch ...«

Ich runzelte die Stirn und versuchte nicht zu lachen, weil Kelly in der Mitte stand, und Skin und Skinny jeweils rechts und links von ihr standen. Okay, ich nahm das mit der Gummibärenbande zurück. Sie waren nicht mal viel älter als ich, aber wenn ich mir die drei so anschaute, wollte ich sie einfach nur an meine Brust drücken und sie zwangsernähren.

»Das Memo über mein Ableben ist mir dann wohl nicht zugestellt worden.« Ich schnipste mit den Finger. »Blöd aber auch!« DAS fand sie wiederum nicht so witzig.

Kelly war wirklich attraktiv, also unter den Schichten von Make-up, vermutete ich jedenfalls. Aber dieses ganze Haarspray, die Schminke, mein Gott … Man könnte sie Kunstwerk nennen, wenn das wenigstens nach irgendwas aussehen würde.

»Ich muss ja sagen, die Nummer letzte Woche hätte auch mir einfallen können. Vermutlich hat es dir noch gefallen, dass Blake für eine Minute die fürsorgliche Seite von sich gezeigt hat. Aber glaube mir, Amber. Das war eine Minute, und mehr wirst du von ihm nicht bekommen. Er gehört mir! Verstanden?«

»Dir ist schon klar, dass das Sklavengesetz längst abgeschafft wurde, oder? Ich denke nicht, dass Blake irgendjemanden gehört außer sich selbst!«

Kelly kicherte so irre, wie sie aussah.

»Das denkst du!«

»Gott, Kelly, ich will nichts von Blake. Und vielleicht wird dir das auch irgendwann mal klar!« Ich bezweifelte es, denn immerhin ließ sie mich gar nicht mehr in Ruhe.

»Klar, für wie dumm hältst du mich eigentlich?«

»Du bist nicht dumm, Kelly … Du hast nur Pech beim Denken!«

Wieder sah ich den imaginären Rauch aus ihren Ohren fliegen.

»Gute Noten beeindrucken ihn nicht, Amber! Und was hast du sonst noch zu bieten? Ein armes Ding wie du und ein Michaels? Ich bitte dich ... Das ist mehr Träumerei, als dass es jemals wahr werden könnte.«

Ihre Worte trafen mich unerwartet, obwohl das Ausgesprochene nichts Neues für mich war. Blake war nicht meine Kragenweite und das wusste das gesamte Berkeley-College.

»Merk dir einfach, dass du nur eine von vielen in der Reihe seiner Eroberungen werden würdest. Du bist clever genug, um dich nicht für so etwas herzugeben. Kommt Mädels.« Mit einem Hüftschwung à la J.Lo liefen sie weiter den langen Flur entlang.

Obwohl nicht viel in ihrem Schädel war und noch weniger Sinnvolles aus ihrem Mund kam, hatte sie damit recht. Warum auch immer, Blake hatte sich in den Kopf gesetzt mit mir auszugehen. Er schien sich keine Gedanken darüber zu machen, wie verschieden wir waren ... Gut, er dachte wahrscheinlich auch nicht gerade mit seinem Gehirn.

Ich versuchte, jetzt nicht mehr daran zu denken, auch wenn ich in Oakland die ganze Zeit darüber nachgedacht hatte. Zoe hatte mir ganz schön viel abverlangt, aber dennoch verfiel ich nachts wieder diesen verrückten Gedanken. Er und ich. Ich und er.

Was wäre wenn ... Was wäre, wenn nicht ...

Tief in Gedanken versunken lief ich meinen üblichen Weg zum nächsten Seminar, nur um dann festzustellen, dass es der Mathekurs war. Am liebsten hätte ich die nächste Wand geküsst. Den hatte ich zusammen mit ihm ... na toll ... aber vielleicht konnte ich mich nach ganz hinten verziehen, und er würde mich dann nicht sehen ...

Wow, niemand würde meinen, dass du legal Alkohol trinken dürfest. Ehrlich Amber. Werd endlich erwachsen!

Professor Edgens war wie immer noch nicht da, ich war jedes Mal zu früh dran und zum ersten Mal bereute ich es.

Der Saal bot Platz für über 250 Studenten, nicht mal die Hälfte war in dem Kurs angemeldet. Er war zu schwierig und deswegen hatte es mich gewundert, dass Blake zu den Studenten, die regelmäßig auftauchten, gehörten. Mittlerweile vermutete ich, dass sich nicht jeder Professor mit simplen Freikarten für ein Footballspiel abspeisen ließ.

Weil ich also ein großes Mädchen war, setzte ich mich auf meinen üblichen Platz. Er war noch nicht da. Das war er nie. Okay, ich war auch immer ziemlich überpünktlich.

Ich holte mir Block und Stift aus der Tasche, als mein Handy vibrierte. Während ich alles auf den kleinen Tisch vor mir legte, öffnete ich meine WhatsApp-Nachricht.

Unbekannt, 11.23 Uhr: **Hey! Jetzt hast du auch endlich meine Nummer. Wobei du nie danach gefragt hast ... (falls ich wieder die falsche Nummer habe und du ein Typ bist, bitte schreib nicht zurück) Blake**

Ich kicherte und tippte wie selbstverständlich eine Antwort.

11.24 Uhr: **Ich habe aus bekannten Gründen kein Interesse an deiner Nummer. Und wenn es dir hilft: Ich bin immer schon eine Frau gewesen ...**

Ich blickte auf das Display, aber weil nichts weiter kam, speicherte ich erst mal seine Handynummer ein ... Irgendwas sagte mir, dass das nicht die letzten Nachrichten zwischen uns gewesen waren. Ich schmunzelte, als mir ein perfekter Name für Blake einfiel.

Cowboy, 11.26 Uhr: **Lügnerin!**

Auch wenn mir die Antwort eigentlich gleichgültig sein sollte - sie war es nicht. Während ich auf Zoe aufgepasst hatte, wartete ich ständig auf eine Nachricht von ihm. Jill hatte mir nur kurz per WhatsApp geschrieben, er würde sich melden ... Das ging dank ihr ja völlig daneben, aber irgendwie hatte ich die Hoffnung, er würde es tun ...

»Hey.« Zwei große Körper setzten sich einmal links und einmal rechts von mir hin. Der eine, Blake natürlich, grinste mich an. Nick las schon in seinem Buch, bevor er richtig saß. Auch wenn ich es versuchen würde, ich musste erst an Nick vorbei, um einen neuen Sitzplatz zu finden. Die Sache war, dass sie das vielleicht auch kommen sahen. Also blieb ich stur sitzen.

»Geht es dir gut?«, fragte er plötzlich und auch Nick sah auf.

»Ähm ... ja?«

»Ich schwöre dir, ich werde mich um Kelly kümmern.«

»Kelly?« Erst verstand ich nur Bahnhof, aber natürlich … es hatten genug Leute mitbekommen, was wir im Flur beredet hatten.

»Die Frau weiß einfach nicht, wann Schluss ist«, seufzte Nick und beschäftigte sich wieder mit seinem Buch. Blake schnaubte bestätigend.

»Das ist ja auch nix Neues, oder?«, mischte ich mich jetzt ein. Ich wollte eigentlich keine Partei ergreifen, tat es aber. Für Kelly. Gott, ich musste wirklich mehr als fünf Stunden schlafen. Definitiv lag es daran, als ich Folgendes sagte:

»Ihr wusstet alle, dass Kelly Schwierigkeiten machen würde, wenn man mit ihr spielt. Für sie ist alles ein ganz großes Blake-Michaels-Spiel, und darauf wartet sie. Auf den Tag, an dem du begreifst, dass ihr perfekt füreinander seid.«

Jetzt starrte Blake mich an, als hätte ich gerade den Verstand verloren. Aber hatte ich das? So abwegig war der Gedanke doch nicht, oder? Kelly war reich, auf ihre Art hübsch, und würde irgendwann auch eine höhere Position übernehmen, wobei … Ehefrau vermutlich schon Job genug für sie wäre.

»Ich kann dir nicht ganz folgen, Frau?«, erklärte er mit fragender Stimme.

Wir hatten uns zwar schon in der Mensa gesehen, aber jetzt, da er direkt neben mir saß, roch ich sein Deo … Und ich würde lügen, wenn ich es schrecklich fand … Ich durfte es letzte Woche schon riechen, als er mich wie eine Fliege hochgehoben und in die Dusche getragen hatte. Sein braungebrannter Arm lag auf der Stuhllehne, ein paar Millimeter und wir würden uns berühren. Aber ich kam nicht näher. Das würde nichts bringen ... Ich empfand nichts für ihn, und er tat das auch nicht. Das musste alles ein wahnsinnig witziges Spiel für ihn sein. Anders war sein plötzliches Interesse an mir nicht zu erklären.

»Du wusstest, dass sie nervt und sich nicht nur auf etwas Lockeres einlassen würde. Und trotzdem hast du es gemacht. Jetzt sitzt ihr hier und wundert euch tatsächlich darüber, dass sie ihr Revier absteckt?«

»Ich bin ganz sicher nicht in ihr Revier geraten«, betonte er schon etwas emotionaler.

»Ach wirklich?« Ich zog die Augenbraue fragend höher und er stöhnte gequält auf.

»Wie macht sie das immer? Jedes Mal wenn sie mich so ansieht, fühlt sich jeder Scheiß, den wir abgezogen haben, dreimal dreckiger an, als es eigentlich war.«

»Frauen«, antwortete Nick ihm seelenruhig und Blake ließ sich tiefer in den Sitz fallen.

»Weil Kelly mich ständig damit nervt, dass du ja zu ihr gehörst.«

»Eifersüchtig?«, seufzte er und klang eher ziemlich genervt als wirklich interessiert, was ich zu sagen hatte. Dennoch gab ich meinen Senf dazu.

»Du, es mag ja sein, dass manche auf sie eifersüchtig sind, aber ich stehe nicht so auf Stalker. Sie soll einfach checken, dass ich nichts von dir will.«

»Du willst nichts von mir ...« Er setzte sich sofort etwas aufrechter hin und blickte mich mit diesem verdammt schönen Gesicht an. *Ich wette, dieser Idiot muss nur morgens aufwachen und sieht so aus. Die gerade Nase, der schmale Mund, dieser verruchte Drei-Tage-Bart. Verdammt. Allein schon um mich zu enthaaren, verbring ich eine Stunde im Bad.*

»Weil du mich hasst ...« Blake schien nach einer Antwort zu suchen.

»Ja«, antwortete ich ihm, damit er mich endlich damit in Ruhe ließ. Aber diesmal reagierte er anders. Er zuckte mit der Schulter, holte seinen Block heraus und antwortete tatsächlich:

»Hass ist ein Gefühl. Und daran können wir arbeiten.«

»Arbeiten? Wie stellst du dir das vor? Dass ich urplötzlich von Hass auf Liebe ...« Ich brauchte den Satz nicht zu Ende sagen, da starrte er mich schon wieder an. Lang. Intensiv. Anders.

Mein Puls beschleunigte sich, meine Hände schwitzten, ich fühlte mich unwohl.

Professor Edgens raste an uns vorbei. Mal wieder zu spät, aber endlich würde der Kurs beginnen.

Blake sprach nicht mehr, ich brachte eh kein Wort mehr heraus. Mein Hals war wie zugeschnürt. *Das werden die schlimmsten zwei Stunden meines Lebens ...*

»Hier, ich hab dir einen Kaffee mitgebracht.«

Jill und ich trafen uns draußen auf der großen Wiese. Hier verirrten sich bei gutem Wetter viele Studenten hin, auch wir.

»Danke.« Ich nahm einen zaghaften Schluck und musste wieder mal feststellen, wie gut meine beste Freundin aussah.

»Tolles Kleid.«

»Danke. Es war im Sonderangebot bei Macy's.«

»Du hast dich verändert«, sprach ich endlich das Thema an, das ich immer wieder aufschieben musste.

»Er verändert mich«, flüsterte sie und schien irgendwo anders zu sein. Also, bei irgendwem anders ...

»Du liebst ihn und auch er ... Nick ist kein schlechter Kerl, nur ...«

»Er gehört zum Team«, seufzte Jill und schien zu wissen, was ich damit meinte.

»Aber sie verändern sich ... Gut, Corey wird wohl immer der dumme Idiot bleiben, aber Blake ...«

Ich rollte mit den Augen. *Bitte nicht wieder dieses Thema!*

»Selbst Nick sagt, dass er ihn noch nie so gesehen hat, wenn es um ein Mädchen ging.«

Schnell nahm ich einen weiteren Schluck von dem Kaffee. Der Schmerz durch die Hitze war mir gerade sehr angenehm.

»Dir ist schon klar, dass wir uns vor zwei Wochen am liebsten gegenseitig als Leiche irgendwo verbuddelt hätten.«

Jill kicherte. »Stimmt. Aber eine Liebesgeschichte muss auch irgendwann anfangen. Bei euch ist das halt etwas anders abgelaufen.«

Was zum Teufel tat Nick ihr ins Trinkwasser? Oder war es der Sex mit ihm, den sie nicht ganz vertrug? Wobei sie ja noch behauptet hatte, sie hätte nicht mit ihm geschlafen. Gut, das war vor ein paar Tagen ...

»Da fängt gar nichts an. Ich freu mich für dich und Nick, wirklich. Wenn er dich verletzt, werde ich ihn zwar umbringen müssen, aber bitte hör auf Blake und mich zusammenbringen zu wollen oder ihn noch zu ermutigen, weiterhin zu nerven.«

»Dass wird schwierig werden ...« Sie flüsterte es, aber nicht leise genug.

»Was meinst du damit?« Ich war auf der Hut.

»Na ja ... Also, es kann sein, dass Blake vor allen Leuten klargestellt hat, dass du zu ihm gehörst ...« Ich hätte nicht versuchen sollen vom Kaffee zu trinken, denn der schoss sofort aus meinem Mund heraus, als Jill diesen scheiß Mittelalterkram von sich gab.

»Was?«

Mir tropfte der Kaffee vom Kinn herunter, meine Nase litt auch etwas ...

»Ich fand es süß. Corey war gemein zu dir, und er wollte dich beschützen.«

»Und dann erzählt er herum, ich gehöre ihm?« Ich schrie. Ja, ich schrie.

»Na ja, er hat das nicht so wortwörtlich gesagt!«

»Was hat er denn zum Teufel wortwörtlich gesagt?«

»Dass du nicht angerührt werden sollst, sonst würde er sich halt drum kümmern ...«

Gut, das könnte man jetzt falsch verstehen ... aber nein, Blake wusste ganz genau, was er wie und wo sagen musste, um den Leuten klarzumachen, was Sache war. *Dieser Mistkerl!*

»Ich bring ihn um. Ja, ich werde ihn zerstückeln, verbuddeln und dann ...« Keine Ahnung, was dann ... aber allein der Plan war schon Oscar-würdig.

»Ach, komm schon, Amber. Das war doch ziemlich süß. Er hat vor allen in der Mensa gesagt, dass er dich beschützen wird. Das ist so romantisch!«

»Und hörst du mir mal zu? Wir sind in unserem letzten Jahr am College. Danach wird es uns überall hinziehen, Washington, Florida, Alaska ...«

»Alaska?«, fragte sie nachdenklich.

»Mann, das war doch nur ein Beispiel. Was glaubst du, wohin Blake gehen wird?

»Das klingt schon etwas übertrieben«, sagte sie kleinlaut.

»Ach? Du glaubst also, dass sein genauso scheiß erfolgreicher Daddy ihn hierbehalten würde?« Ich wusste nicht viel über Blakes Familie. Aber die Infos, die jeder kannte, sagten eines aus: Blake entstammte einer erfolgreichen Südstaatenfamilie. »Egal, wie du es drehst oder wendest. Blake und ich kommen aus zwei verschiedenen Welten. Es würde nichts bringen, jetzt etwas miteinander anzufangen, wenn das eh keine Zukunft hätte.«

Jill kannte meinen Wunsch, Lehrerin zu werden. Und sie wusste auch, dass ich in der Nähe von Mom und Zoe bleiben wollte und musste.

»Das klingt logisch,« antwortete sie und klang etwas enttäuscht. »Aber ist auch verdammt traurig.«

»Quatsch. Blake sieht in mir die Herausforderung. Mehr nicht. Und ich hasse ihn.«

»Tust du nicht!«, konterte Jill.

Ich schnaubte.

»Auch wenn du dir sicher bist, das würde nicht klappen, immerhin machst du dir die Gedanken, wie es sein könnte ...«

Ich nahm einen großzügigen Schluck vom Kaffee, der wieder guttat. Der Idiot hatte also einen auf Neandertaler gemacht. Das würde ich niemals im Leben auf mir sitzen lassen.

»Wie viel Uhr haben wir?«

»Wieso?« Jill schien verwirrt über meinen schnellen Themenwechsel.

BLAKE

»Du musst besser decken, Johnny«, rief ich meinem Teamkollegen zu, während die Mannschaft sich wieder positionierte. Der Coach brüllte auch wieder irgendeinen Scheiß, den kaum einer verstand, weil er sowieso mehr Schimpfworte bellte, als irgendwelche Tipps gab. Er verlor leicht die Fassung, war unsere Erklärung, wenn die Fans schon schauten und sich fragten, was der da immer riss ... Aber so langsam gingen uns auch die Ausreden aus. Seitdem seine Frau ihn vor einem halben Jahr verlassen hatte, lebte er nur noch für den Job. Also wurden wir automatisch auch mit seiner Anwesenheit bestraft.

»Ich freu mich gleich so was von auf die Dusche«, stöhnte Winter, der neben mir stand und sich den Helm vom Kopf riss. In voller Montur zu trainieren verlangte von uns vor allem noch bei der Hitze, alles ab.

»Sollen wir nachher Pizza bestellen?« Nick warf den Ball quer übers Spielfeld und Bug fing ihn mühelos auf. Er war der zweite Quarterback, nach mir, und machte sich gut. Er sollte nächstes Jahr das Team zum Sieg führen.

»Für mich nicht, ich wollte noch ...«

Winters Pfiff unterbrach mich beim Reden und wir folgten seinem Blick. Der Coach pfiff das Training auch zu Ende, aber das war mir gerade scheißegal.

Amber lief quer über das Feld, direkt auf mich zu. Eigentlich war der Plan, sie heute vor ihrem Apartment im Wohnheim zu besuchen - unverbindlich verstand sich - und sie zum Essen einzuladen. Aber so war sie schon mal hier. Auch gut.

»Hey!« Ich riss mir meinen Helm runter und fuhr mir durch mein nasses Haar.

»Du!« Sie hob warnend den Zeigefinger.

»Ich ...« Keine Ahnung, was das für ein Spiel war, aber Amber war immer für eine Überraschung gut. Ihr Blick glitt kurz über meine Aufmachung, aber nur für ein paar Sekunden. Dann schien ihr wieder einzufallen, was sie hier wollte.

»Du hast das halbe College gewarnt, mich nicht anzurühren?!«

Oh, also kein Spiel ...

Ich schaute hilfesuchend zu meinen Jungs, die angelehnt an einen Rammbock standen und sich das Lachen verkneifen mussten.

»Ich sage es dir nur einmal, Blake. Ich gehöre niemanden. Es gibt keine Dates, kein Gefummel oder irgendeine Bettgeschichte, die wir jemals teilen würden. Also hör auf, dir ständig solche Dinger herauszunehmen.«

Okay, das saß. Der verdammte Tag hatte so gut begonnen, weil sie wieder auf dem College war ... Selbst mein Arschloch-Ich heute Morgen in der Mensa nahm sie mir nicht übel und jetzt kam sie mir damit?

Wieder fraß das Schicksal mir ein riesiges Loch in den Magen. Ich wüsste auf Anhieb hunderte Frauen, die sich für ein verdammtes Date mit mir irgendwelche Genitalie abbeißen würden, wenn sie es denn bekämen. Und ich suchte mir die einzige Frau aus, die sich lieber irgendwas abriss, um mich loszuwerden.

Nicks Worte von vorhin aus der Umkleidekabine kamen mir wieder in den Kopf.

»Die harte Tour bringt bei einer Frau wie Amber nichts.«

»Ach wirklich?« Den Sarkasmus in der Stimme sollte er schon mitbekommen.

»Ich denke, wenn du sie nicht so bedrängst, hilft das mehr. Weil das überhaupt nicht deinem Wesen ähnelt.«

»Was soll das denn heißen? Dass ich ständig irgendwelche Weiber belästige?«

»Nein, aber hast du schon mal einfach nur ,nen guten Freund für ein Mädchen gespielt?«

»Einen Freund?« Allein das Wort hörte sich völlig absurd an. Immerhin wünschte ich mir Amber nackt. Und unter mir. Am besten vor Verzweiflung stöhnend.

»Eine Frau wie Amber musst du überraschen. Das tust du nicht, indem du der gleiche Arsch bist wie immer.«

»Aber …« Ich wollte ihm sagen, dass ich mich doch schon geändert hatte. Ich mobbte keine Schwächeren mehr, achtete darauf, dass mir keine oberflächlichen Arschkriecher mehr zu nahe kamen, dass mir keine Weiber zu nahe kamen … Aber sonst? War ich wirklich der übliche Wichser? Ich musste mir eingestehen, dass ich schon manchmal etwas übertrieb.

»Ja du hast recht«, waren also meine ersten Worte, die ich ihr antwortete. Und ja, sie war verblüfft und wusste nicht mehr, was sie sagen sollte.

»Ich ... ich habe recht?« Unglaube. Skepsis. Überraschung. Panik. So viele Emotionen nur in einem Gesicht. Es war schon fast zum Totlachen, aber dennoch hielt ich mich zurück und versuchte ernst auszusehen.

»Ich hätte ... scheiße, ich habe nicht nachgedacht. Dir ging es nicht gut, weil du die Fischallergie hattest und ich wollte dich einfach beschützen.«

Sie rang mit sich. Die Wut war verpufft und verwandelte sich nun in Scham. Ihr Gesicht wurde puterrot. *Interessant. Ich habe sie, glaube ich, noch nie so gesehen ...*

Also würde ich das jetzt in Angriff nehmen.

»Pass auf. Wir sind ja in den letzten Tagen so was wie Freunde geworden!«

Freunde? Dieses Wort in Zusammenhang mit ihr klingt merkwürdig, fast schon echt eklig. Denn eigentlich war ich für ganz andere Dinge mit ihr bereit, noch schmutzigere, wenn ich ehrlich war ... Aber was sprach dagegen, wenn ich mal Nicks Strategie ausprobieren würde? Meine half da ja mal gar nicht ...

»Ich wollte dir einfach einen Gefallen tun.«

Das Misstrauen konnte jeder innerhalb einer Meile von ihrem Gesicht ablesen.

»Mir einen Gefallen tun?«

Sie würde mir nicht glauben. Sie GLAUBT mir nicht.

»Ähm, Blake, kommst du? Wir wollten doch noch zu dieser Sache ...«

Nick klopfte mir auf die Schulter, während sie immer noch misstrauisch zwischen mir und ihm hin- und herblickte.

»Sicher. Bis dann, Amber.« So locker wie möglich lief ich mit den Jungs Richtung Umkleide, während

Jason verdammt nah an Amber vorbeilief. Immer mit einem scharfen Blick auf sie ... *Wichser.*

Eine halbe Stunde später saßen wir in unserem Haus, glotzten Fernsehen und aßen die Pizza, die wir uns auf dem Weg besorgt hatten. Aber wieder hatte ich keine große Lust zu essen. Und wieder war Amber der Grund.

Verdammt noch mal: Was tat ich mir hier eigentlich an? Ich könnte jede haben. Jede! Und es gab die Zeit, da nahm ich mir auch jede. Immer. Und jetzt?

»Willst du die noch?« Winter starrte auf meine Pizza, als wäre es der Messias. Mit einer Handbewegung und einem Nicken gab ich ihm das Okay dazu. Die Pizza wäre somit in fünf Minuten Vergangenheit.

»Was zum Teufel hörst du da?«, blaffte der sonst so ruhige Nick Jason an, der leider auch mitkommen wollte.

»Radio hören«, war seine simple Antwort.

»Ja, das können wir alle hören. Die Sache ist die, WAS du hörst.«

»Kelly Clarkson.«

»Ist das dein Ernst? Mach den Scheiß aus. Gleich sagst du mir noch, dass du das neue Album von der Pummelfee aus England hast. Wie heißt die noch mal?«, fragte Winter in die Runde.

»Adele.« Nick griff sich wieder einen seiner Schnulzenromane - zumindest vermuteten wir, dass das welche waren - und blendete wieder alles um sich herum aus.

Ich schüttelte den Kopf und griff nach meinem Handy. Warum auch immer, ich schrieb ihr eine Nachricht.

Ich, 18.47 Uhr: **Kelly Clarkson oder Adele?**

Merkwürdigerweise kam schnell die Antwort zurück.

Amber, 18.48 Uhr: **Betrunken?**

Ich musste schmunzeln.

Ich, 18.48 Uhr: **Ich wünschte, ich wäre es. Die Jungs hören Radio.**

Amber, 18.50 Uhr: **Adele? Ne, die Jungs sind eher die Kelly Clarkson-Typen.**

Ich lachte mich halb kaputt über ihre Meinung, wobei Winter immer noch mit Jason darüber diskutierte ... Vielleicht sollten sie es einfach bei der Musik belassen.

»Du fragst sie aber nicht, ob sie mit dir zur Mottoparty kommt, oder?«

Nick saß neben mir auf der Couch und beobachtete mich misstrauisch. Ernsthaft, seit da was mit Jill lief, mischte er sich definitiv zu viel in andere Dinge ein. In meine Dinge.

»Wieso sollte ich sie nicht fragen?«, fragte ich ihn gereizt.

Weil sie nicht will. Weil sie mich hasst. Weil ich ihr die Freunde-Sache angeboten habe!

Auch wenn ich mir die Frage selbst beantworten konnte, wartete ich auf Nicks Reaktion.

»Du hast ihr vor einer halben Stunde gesagt, dass ihr Freunde seid. Nicht, dass sie oder irgendein anderer dir das wirklich abkauft. Aber was soll sie tun? Amber ist zu stolz, als dass sie dir vorwirft, zu lügen.«

Er hatte recht.

»Und was willst du mir damit jetzt sagen?«

»Dass du jetzt ihr Freund bist. Mehr nicht.«

»Ein Freund ...« Wieder hörte sich das absolut bescheuert an. Wie kam ich nur auf die dumme Idee, sie so beruhigen zu wollen? Ach ja, der Grund saß ja neben mir. »Danke, für deine wundervolle Idee. Wie zum Teufel komm ich von der Schiene jetzt wieder runter?«

Sie einfach überfallen? Einige Studentinnen fanden es heiß, wenn ich sie ohne ein Wort in irgendeinen leeren Kursraum oder in eine Abstellkammer zog und sie besinnungslos vögelte. Aber bei Amber? Amber würde mir vermutlich meine Eier abschneiden, sie dann kochen und mir grinsend vorhalten. Ich erzitterte leicht. Dieses Szenario war wirklich denkbar.

Aber ehrlich gesagt, war sie es wert, es zu versuchen. Meine Güte, ich hatte seit wie vielen Tagen keinen Sex mehr? Und das Mädchen, mit dem ich es endlich treiben wollte, wollte mich nicht. Das war ... echt so beschissen und auch bewundernswert. Meistens starrte sie mich mit diesem wütenden sturen Ausdruck an ... Das war einerseits echt beängstigend und andererseits echt hot. Vor allem, wenn sie mich dann abcheckte. Das tat sie oft, wenn sie dachte, ich würde es nicht bemerken.

»Bist du noch da? Was frage ich dich überhaupt.« Nick musterte mich eine längere Zeit. »Sie hat es dir echt angetan, oder?«

»Und du hast es mir vermasselt.«

»Ich? Du hast ihr doch gesagt, dass ihr Freunde seid, damit sie dir nicht deinen Arsch versohlt.«

»Weil du das vorgeschlagen hast ...«

Wir beide blickten uns wütend an. Keiner wollte nachgeben, obwohl klar war, dass ich gerade totalen Scheiß von mir gab.

»Celine Dion? Was zum Teufel hat man dir ins Essen getan?«, schrie Winter Jason an und dann fing die Diskussion über die Musikwahl von Neuem an.

Mein Handy vibrierte in der Hand, also schaute ich drauf.

Amber, 18.56 Uhr: **Wir sind also jetzt tatsächlich Freunde?**

Ich, 18.56 Uhr: **Klar!**

Amber, 18.57 Uhr: **Ich bin ehrlich gesagt sprachlos. Es wird mir fehlen, dich nicht jeden Tag anschreien zu können ...**

Ich lächelte, während ich eine Antwort tippte.

Ich, 18.59 Uhr: **Ich kann dich auch anders zum Schreien bringen. Alles kein Problem ;-)**

Amber schrieb gerade, während ich schnell die Zügel lockerte.

Ich, 19.00 Uhr: **Scherz! Keine Ahnung, ob das mit der Freundschaft klappt. Aber da es unser letztes Jahr ist, kann ich mich ja mal erwachsen verhalten, oder?**

Seufzend schloss ich die Augen. *Mich erwachsen verhalten?* Ich war kein dummer Idiot, der sich nicht zu benehmen wusste, aber ich ... wollte es ganz einfach nicht. Nie. Diese sorgenlose Collegezeit war jetzt drei Jahre lang mein Leben und ich fuhr gut damit. Bis mein Kopf sich immer öfters einschaltete und sich selbst fragte, ob das so, wie es lief, wirklich richtig war.

Und Amber brachte Licht ins Dunkel. Ich überlegte nicht nur, ich handelte. Angefangen bei meinem Team. Ich liebte die Jungs. Sie waren wie Brüder, die ich nie hatte. Aber einige Freundschaften fühlten sich nie ehrlich an. Sie lächelten mich an, wenn sie meinten, das tun zu müssen. Sie gaben mir immer recht, ohne dass ich wissen konnte, ob sie das wirklich so meinten ... Mittlerweile versuchte ich, ihnen so gut es ging, aus dem Weg zu gehen. Einfach ... weil es sich so besser anfühlte. Sie brauchten mir nichts vorspielen, wenn sie mich nicht mochten. Lieber wurde ich wütend und angepisst angesehen, weil man mit mir nicht klarkam, als wenn alle immer nur falsch lachen und mir bei jedem Scheiß zustimmen würden.

Und für Amber war ich einfach der normale Student von nebenan. Gut, vielleicht nicht ganz so normal, aber sie schrie mich an, wenn ihr danach war, sie ignorierte mich, sie ... verdammt noch mal, sie war die einzige heiße Tussi, die mein Arschloch-Ich nicht akzeptierte.

Ohne zu zögern schrieb ich ihr wieder.

Ich, 19.04 Uhr: **Was machst du eigentlich immer so, wenn du nicht im Kurs sitzt?**

Amber, 19.06 Uhr: **Fragst du mich jetzt tatsächlich nach meinen Hobbys?**

Was meinte sie denn, was ich wissen wollte?

Ich, 19.07 Uhr: **Tun das Freunde nicht? Sich kennenlernen?**

Amber, 19.07 Uhr: **Man lernt sich erst kennen, und beschließt dann Freunde zu werden.**

Ich, 19.08 Uhr: **Okay, okay. Ich hab es verstanden. Du glaubst mir nicht, dass wir nur Freunde sein können. Ich bin echt geschockt, Honey. Du traust mir wenig zu!**

Amber, 19.11 Uhr: **Ich traue dir gar nichts zu! Aber um fair zu sein: Okay, ich will es mit einer Freundschaft versuchen. Warum auch immer. Meine Hobbys ... puh, ich habe ehrlich gesagt kaum welche. Ich lese viel, lerne dabei, höre Musik (keine Kelly Clarkson oder Adele!), dann besuche ich meine Familie und das war's auch schon ... und du so?**

Familie? Sie besuchte also ihre Familie ... Vermutlich war sie dann dort vier Tage lang gewesen? Ich fragte nicht weiter nach. Stattdessen schrieb ich meine Antwort, was ich für Hobbys hatte, bis plötzlich wieder eine Nachricht von ihr kam.

Amber, 19.12 Uhr: **Und wehe du schreibst jetzt irgendwas von Frauen! Das will ich weder lesen noch mir vorstellen müssen.**

Ich, 19.14 Uhr: **Tut mir leid, dass ich dich jetzt nicht enttäuschen kann, aber tatsächlich bin ich viel zu Hause, wenn ich nicht spiele oder auf dem Campus rumhänge. Ich steh auch nicht so auf Adele. Eher OneRepublic und all den Rockkram.**

Amber, 19.16 Uhr: **Blake Michaels beweist Geschmack! Ich bin beeindruckt! Wobei ich erwähnen muss, dass die ja nicht nur in die Rock-Schublade fallen ...**

Und so nahm der Abend seinen Lauf. Winter und Jason stritten sich noch einige Zeit, bis Nick das Radio griff, den Stecker zog und es mit in sein Zimmer nahm. Da hatte sich dann das Thema, welche Musik gehört wurde, erledigt. Ich würde lügen, wenn ich sagen würde, dass ich viel davon mitbekommen hatte. Bis spät in die Nacht schrieben Amber und ich miteinander. Und obwohl ich immer wieder einen Spruch schob, den sie rattenscharf kleinredete, lernte ich sie kennen.

Amber war nicht nur klug und wortgewandt, diese Frau besaß die Fähigkeit, jeden Kerl in den Wahnsinn zu treiben. Sie liebte mexikanisches scharfes Essen und ging mit Jill mindestens einmal im Monat in ihr Lieblingsrestaurant, um die Karte rauf und runter zu essen. Dazu stand sie auf Horrorfilme. Und wir redeten jetzt nicht von den süßen, fast einschläfernden Horrordingern für Teenager. Amber kannte jede Folge von »The Walking Dead« auswendig. Sie leckte sich die Finger ab nach salzigem Popcorn und diskutierte mit mir die Vor- und Nachteile gegenüber Trump. Verdammt, sie machte mich noch zu einem Demokraten! Ich war Texaner!!!

Der Morgen danach war scheiße früh gekommen. Ich hatte nur ein paar Stunden Schlaf abbekommen, aber der Gedanke, sie heute wiederzusehen, war mehr als Grund genug, den Arsch aus dem Bett zu bewegen.

Wie immer fuhren Winter, Nick und ich zusammen zum Campus.

»Guten Morgen!«

Jill rannte praktisch auf Nick zu und sie begannen sich gegenseitig abzuschlecken. *Lecker.* Ich sah mich nach Amber um, aber die war nirgends zu sehen.

»Ach Scheiße, doch nicht schon so früh«, jammerte Winter, der wie ich eine Sonnenbrille trug. Er hatte letzte Nacht wieder ordentlich gebechert. Wobei er sich vorhin direkt wieder bei mir entschuldigt hatte und meinte, dass das Training dadurch nicht gefährdet sei.

»Du!«, sprach Jill mich an, nachdem die beiden also ihr morgendliches Geschlabber beendet hatten.

»Ja?« Ich seufzte, weil ich es bereits von Amber kannte. Wenn eine Frau dich nicht beim Namen ansprach, hattest du ein Problem. Und die hatte ich seit Amber zu genüge.

»Ich plane die ganze Zeit, wie wir Amber dazu bringen mit dir auszugehen, und jetzt seid ihr Freunde?«

»Baby ...« Nicks Bitte ignorierte sie.

»War das nur ein Spiel oder so was? War dir langweilig?«

»War mir ... Frau, wovon sprichst du?« Ich riss mir die Brille vom Kopf und funkelte sie an. »Deine Freundin ist zu stur, um zuzugeben, dass da was ist. Wenn es nach mir gehen würde, würden wir längst im Bett liegen und uns das Hirn rausvögeln!«

Jills Verwunderung war spürbar.

»Dann verstehe ich gar nichts mehr!«

Seufzend fuhr ich mir durch mein Haar und setzte die Sonnenbrille wieder auf. Ich verstand es ja auch nicht. Ja, Amber und ich hatten so unsere Probleme miteinander. Aber das änderte sich. Zumindest für mich. Und jetzt, da sie dachte, ich würde einfach nur eine Freundschaft vorziehen, sprach sie mit mir. Zumindest über WhatsApp. Wir lernten uns kennen und das gefiel mir. Sehr sogar. Aber hieß das jetzt, dass sie auch mit mir ausgehen würde? Mit mir ...

Ich hörte ihr Lachen zwischen all den Leuten auf dem Campus. Als würde mein Körper, mein Gehör nur auf diesen einen besonderen Klang reagieren wollen. Mein Blick suchte die Gegend ab und ich erstarrte.

Amber stand am Haupteingang und unterhielt sich mit ... Josh Durand, dem Captain des Schwimmteams. Des Schwimmteams?

Der größte Wichser des ganzen Colleges. Er vögelte jede, wirklich jede. Nicht einmal kamen wir uns dabei in die Quere und ... *fuck ... bin ich so ein Arschloch gewesen? Ja, ich war eines. Das ist ganz klar. Aber so ein Großes?*

Und diesem miesen Bastard, der sogar vor Drogen nicht zurückschreckte - so die Gerüchte -, um die Mädels flachzulegen, schenkte Amber gerade ihre gesamte Aufmerksamkeit?

»Was schaust du denn so?« Winter stellte sich direkt neben mich und blickte in die gleiche Richtung wie ich. »Was macht deine Kleine da mit Josh? Ich dachte, sie hat Grips!« *Für den ersten Satz hätte ich den Penner küssen können, für den zweiten hätte er eine kassieren sollen.*

»Sie gibt Josh nur Nachhilfe. Er hat Probleme in Physik oder so was«, antwortete Jill, und so wie sie das betonte, glaubte sie das wirklich.

Josh fuhr sich gerade durch die Haare und schaute Amber so intensiv an, als würde er sie gerade im Kopf ausziehen.

»Nur Nachhilfe? Na klar«, schnaubte Winter und versetzte mir damit einen kleinen Stich.

»Sie sollte dem Kerl lieber aus dem Weg gehen«, sprach Nick.

»Es ist nur Nachhilfe«, versicherte Jill noch einmal.

Natürlich. Wieder sah ich zu den beiden. Amber stand mit dem Rücken zu uns, sodass sie uns nicht bemerkte. Der Wichser jedoch bemerkte uns sehr wohl. Dieses beschissene Grinsen konnte er sonst wem schenken. Ohne ein weiteres Wort lief ich in die entgegengesetzte Richtung.

Stunden später hingen wir in der Mensa herum und genossen die Pause. Heute Morgen musste ich mir schon in Wirtschaftspsychologie den Kopf zermartern. Wäre das nicht der ausdrückliche Wunsch meines Dads gewesen, den Kurs zu besuchen, würde ich einen großen Bogen darum machen.

Statt mich auf die Jungs zu konzentrieren, starrte ich ihr nach. Ich konnte nichts machen, es war fast wie ein Zwang. Als würde ich nichts anderes wissen müssen, wenn ich hier war ... Mir war einfach wichtig, wo sie war.

Dass sie gerade mit ein paar Studenten in der hintersten Ecke saß und alle wie bescheuert in ihre Bücher starrten, half mir nur bedingt, meine Gedanken zu sortieren.

Winter war gerade wieder mit irgendeiner Erst-semester-Tussi beschäftigt. Jill schien wohl an Nick festgewachsen zu sein. Die beiden trennten sich keine zwei Meter mehr, es sei denn, sie hatten verschiedene Kurse. Früher fand ich es immer befremdlich, wenn Nick von Beziehungen sprach ...

Jetzt musste ich zugeben neidisch zu sein. Was wür-de ich dafür geben, dass Amber hier bei mir sitzen würde? Einiges, wenn ich ehrlich war. Noch nie zuvor hatte mich eine einzige Frau so zum Lachen gebracht, keine zeigte mir Grenzen. Keine ... war wie Amber.

Irgendwas traf mich im Gesicht. Wie ich feststellen musste, war das kein Zufall.

»Du starrst sie an!« Nick. Jill kicherte an seinem Hals, während ihr Freund mich mit hochgezogener Augenbraue musterte. »Freunde tun das nicht, weißt du.« Ich drehte mich weiter zu den beiden um und bemerkte so einige Chipskrümel auf meinen Klamot-ten, die er mir wohl die ganze Zeit über zugeworfen hatte.

»Und weiß deine Freundin, dass es aussieht, als würde sie auf deinem Schwanz reiten?«

»Was?«, kreischte Jill auf seinem Schoß, und ich lachte lauthals los.

»Beruhige dich, Baby. Er macht nur einen Witz.«

Das half aber auch nicht, dass Jills Kopf sich nicht puterrot verfärbte.

»Der Typ will dich wirklich herausfordern, Alter«, sprach plötzlich Winter und interessierte sich nicht mehr für das Erstsemester-Häschen. Ich folgte seinem Blick. Schon wieder stand Josh bei Amber herum. *Der will mich wohl verarschen!*

Ihr Gesicht konnte ich nicht richtig sehen, zu viele Köpfe waren im Weg. Aber Josh stand vor ihr, grinste und fuhr sich durch sein schwul gestyltes Haar.

Ich stand auf und machte mich auf den Weg. Von Winter hörte ich noch ein »Das wird spaßig«, als ich loslief.

AMBER

Ich saß hier in unserer Lerngruppe und konnte die Zahlen erkennen, die Aufgabe lesen, aber ... ich bekam nichts in meinen Kopf. Gar nichts. Und ich musste zugeben, dass das an *ihm* lag. Wir schrieben die halbe Nacht miteinander und es war ... merkwürdig vertraut. Natürlich hatte ich ihm nichts von Zoe oder Mom erzählt, dazu wäre das einfach zu früh, aber er hatte mir den echten Blake gezeigt. Wir teilten viele Dinge miteinander und er gab zu, „Pretty Woman« gar nicht mal so schlecht zu finden, aber nur, weil Julia Roberts die heiße Nutte spielte, so seine Aussage. Genauso wenig war er für demokratische Ansichten immun. Das war doch mal ein Anfang ...

Deswegen hatte ich gehofft, ihn schnell wiederzusehen. Aber bis auf den kurzen Blick, den wir in der Mensa tauschten, kam ich nicht dazu, mich mit ihm zu befassen. Ich musste für die nächste Klausur lernen. Als sich ein großer Schatten über mein Buch ausbreitete, grinste ich, bevor ich Josh erblickte und nicht Blake. Das war heute schon das zweite Mal, dass er meine Nähe suchte. Beim ersten Mal dachte ich wirklich, er wollte Hilfe bei den Physikaufgaben. Aber dass er jetzt schon wieder hier stand, versetzte mich in Alarmbereitschaft.

»Josh ... hast du noch Fragen zu den Aufgaben?«
Die Frage war irrelevant. Er trug kein Buch mit sich, sondern lächelte, als würde dieses Lächeln zu irgendeinem Ziel führen. Josh war heiß. Ja, das war er. Er trug längeres Haar, das ihm natürlich wie passend ins Gesicht fiel und ihn verwegen genug aussehen ließ, um einigen Mädels den Kopf zu verdrehen.

»Ich wollte mich eigentlich nur bedanken. Deine Tipps waren wirklich gut.« Alle am Tisch taten so, als würden sie weiter vertieft im Buch lesen. Ich wusste es besser. Die meisten waren so schüchtern - oder halt eingeschüchtert - von Josh Durand, dass sie erst gar nicht hochschauten.

»Gern geschehen.«

Schon vor einem halben Jahr fragte er nach Hilfe, nahm sie aber nie wirklich in Anspruch. Ich dachte, das würde jetzt anders aussehen, aber irgendwie schaute er mich zu lange an und musterte mich, als wäre ich ein Stück Fleisch.

»Amber, ich würde dich gerne ...«

»Durand!« Blake kam mit lässigen Schritten auf uns zu, wobei seine Stimme da einen krassen Kontrast zu seiner Körperhaltung bildete. Er klang wütend.

»Michaels.« Josh grinste dreckig, als Blake bei uns ankam. Obwohl ich mich insgeheim freute, dass er endlich den Weg zu mir gefunden hatte, fragte ich mich, warum ausgerechnet jetzt?

So angepisst, wie er Josh anstarrte, war das auch schon wieder beantwortet.

»Was geht bei dir? Amber und ich haben uns gerade nett unterhalten, vielleicht gehen wir heute Abend was Schönes essen und ...«

»Glaube ich nicht!« Blake war innerhalb von zwei Schritten zu ihm aufgeschlossen. Beide waren gleich groß und starrten sich an, als wollten sie sich allein mit ihren Blicken duellieren.

»Ähm ...« Eigentlich wollte ich mich jetzt einmischen, aber irgendwie hörte mir keiner der beiden zu.

»Und das hast du zu entscheiden?« Josh' Grinsen war wirklich gruselig. Generell war es interessant, die beiden zusammen zu sehen. Blake und Josh sahen sich irgendwie ähnlich, nur Letzterer war schmaler. Blake brauchte auch die Muskelmasse für das Footballtraining. Wobei ... er sowieso im Vergleich zu Josh gewonnen hätte. Auch wenn ich immer gesagt hatte, dass Blake arrogant rüberkam. Josh übertraf das noch mit diesem ständigen selbstgefälligen Grinsen. Josh' Ruf glich dem von Blake. Nur das er versuchte, zu vertuschen wie er wirklich war.

»Ich warne dich, Josh!«

»Du warnst mich?« Josh lachte. »Das wird ja immer besser!«

Blake biss sich auf die Zunge, das war deutlich zu sehen. Warum ich so blöde war, keine Ahnung. Aber ich stellte mich zwischen die beiden Idioten, wobei der Abstand der beiden wohl noch mal um einiges geringer geworden war.

»Hört auf mit dem Scheiß!«

Josh trat zwei Schritte zurück. »Wow. Jetzt rettet sie dir sogar den Arsch. Das wird ja immer besser!«

»Du!«

Blake wollte an mir vorbei, aber ich riss ihn am Shirt zurück. Eigentlich hätte er mich locker zur Seite schieben können, er tat es aber nicht. Dennoch ließ er Josh dabei nicht aus den Augen.

»Du wirst dich von ihr fernhalten!«

»Hast du das wirklich zu entscheiden?«, fragte Josh.

Nein, hat er verdammt noch mal nicht!

Aber im Grunde gefiel es mir auch nicht, dass Josh meinte, dass da etwas zwischen uns laufen könnte ...

»Ich kenne dich, Josh, und sie ist tabu für dich!«

»Ach? Weil du ja so anders bist als ich, oder?« Ich berührte immer noch Blakes Oberkörper und spürte, wie er bei Josh' letzten Worten regelrecht zusammenzuckte.

»Es reicht jetzt!« Ich hatte wirklich die Schnauze voll und wollte auf keinen Fall, dass die Sache noch weiterging. Die Leute standen schon um uns herum, und wenn Blake vor Zeugen auch noch die Nerven verlieren würde, dann könnte er Probleme bekommen.

»Komm mit ...« Ich zog ihn mit mir und er ließ es widerwillig zu. Dennoch beobachtete er Josh genau, der sich jetzt mit Winter unterhielt. Wobei Blakes Freund eher aussah, als würde er gleich dessen Job übernehmen. *Ihn grün und blau schlagen zum Beispiel.*

Er zog mich in den nächstgelegenen Raum.

»Was zum Teufel war das denn?« Mich interessierte es nicht, dass wir uns in einer Abstellkammer befanden. Der Abstand zwischen uns betrug nicht mal einen Meter. Seine Augen funkelten hasserfüllt. So hatte ich ihn noch nie gesehen. Blake hatte immer noch die Hände zu Fäusten geballt und holte tief Luft. Er war völlig außer sich. »Blake? Geht es dir gut?«

»Sag mir sofort, was der Typ von dir will. Nein, warte ...« Er atmete noch einmal schwer Luft ein. »Was willst du von ihm?«

Ich hatte mich verhört. Anders waren seine Worte nicht zu deuten.

»Was soll ich von ihm wollen?«, fragte ich mit Vorsicht in der Stimme.

»Das, was jedes Miststück von dem Wichser will, nämlich ...« Die Ohrfeige traf ihn mit voller Wucht. Der stechende Schmerz in meiner Hand war mir egal. Der Schmerz in seiner Wange wohl auch ... Er starrte mich mit der rot verfärbten Wange einfach nur an. Aber anstatt Wut in seinem Blick zu sehen ... schaute ich in etwas anderes. Etwas, das ich gerade nicht gebrauchen konnte. Blake dachte wirklich, dass ich mit Josh Durand ins Bett stieg? Er glaubte, dass ich ein Miststück war? Ein Miststück, das leicht zu haben war ... Es tat weh, auch wenn ich es nicht zugeben wollte. Aber Blake Michaels sollte nicht so über mich denken.

»Ich hasse dich«, spie ich ihm entgegen und unterdrückte nur mit Mühe die Tränen, die mir in die Augen schossen.

»Ich ...« Blake trat noch näher an mich heran. Der Raum roch modrig und nach Holz, aber das war gerade nebensächlich. Er stand mir so nah, dass er leicht meine Stirn mit den Lippen berührte. »Hasse dich auch ...«, flüsterte er so leise, dass ich es fast überhörte. Mir wurde kalt und warm zugleich, als er über meine Oberarme strich, meine Schulter berührte und seine Hände dann auf meine Wangen legte. Ich hob den Kopf, um ihm ins Gesicht zu sehen.

»Ich werde dich jetzt küssen«, sagte er mit rauer Stimme, als wüsste er gerade selbst nicht, wie er einen Ton herausbekommen sollte. Ich musste schlucken, als sein Blick auf meine Lippen fiel. Seine Augen fixierten mich, zogen mich aus ... er wollte das hier, und die Wahrheit war ... ich wollte es auch.

»Amber ...« Noch nie in meinem Leben hörte es sich so verzweifelt an, wenn jemand meinen Namen sprach. Mein Puls schlug wie wild in meinem Körper. Meine Haut kribbelte, als er mich noch fester an sich zog und seine Lippen mit festem Druck auf meine drückte. Der Kuss kam schnell und war mehr als willkommen, denn instinktiv legte ich meine Arme um seinen Hals. Wir liefen rückwärts, ich stieß mit dem Rücken an die Tür, aber das störte mich nicht. Ich wollte ihn schmecken.

Wir stöhnten, wir küssten, wir atmeten ... wir ... *was zum Teufel tue ich hier?*

Blakes Hand fand den Weg unter mein T-Shirt und ich dachte nur noch daran, wo wir waren. Der Raum war nicht mal zwei Quadratmeter groß, überall stand Gerümpel und ... verdammt noch mal, wir befanden uns in einer Abstellkammer. In einer von vielen Abstellkammern, die Blake für seine Fickbekanntschaften nutzte. Die er gerade für mich benutzte.

»Stopp!« Blake reagierte nicht, als er meinen Hals entlang küsste. Für einen kurzen Moment ließ ich es wieder zu. Wie gut sich das anfühlte. Konnte so etwas Gutes wirklich falsch sein? *Meine Güte, jetzt reiß dich bitte endlich zusammen!*

»Blake! Hör auf!« Ich drückte ihn weg von mir. Er ließ es zu und ich stieß die Tür auf. Die vielen Augen, die meinen Weg kreuzten, ignorierte ich, so wie ich es immer tat. Nur mit dem Zusatz, dass alle diesmal recht behielten. Ich war genauso wie all die anderen dummen Mädels ...

BLAKE

»Habt ihr Amber gesehen?« Ich war nach dem schnellen Abgang von ihr wieder zurück zur Mensa gegangen. Leider brauchte ich einige Zeit, um mich zu beruhigen. Klar, mit einer Erektion herumzulaufen, wäre nicht gerade geil gewesen, aber meine weichen Knie waren schuld. Was auch immer diese Frau mit mir gemacht hatte, das in der Abstellkammer war erst der Anfang.

»Sie hat ihre Tasche abgeholt und ist weiter. Sie sah etwas ... fertig aus«, kommentierte Winter und biss gerade in sein drittes Sandwich, wenn ich mich nicht irrte.

»Jill ist ihr hinterher«, sprach Nick und steckte sein Buch in seinen Rucksack.

»Du kannst stolz auf dich sein. Durand will dir die Eier abreißen, und so, wie ich Ambers Gesicht deuten konnte, sie auch«, erklärte Nick die Sache mit einer Leichtigkeit, die mich noch wütender machte.

»Sie ist abgehauen, nicht ich«, kommentierte ich sein Gelaber, das niemanden interessierte - außer die zig Leute, die mich anstarrten, als würde mir ein zweiter Kopf oder so wachsen.

»Habt ihr nichts zu tun?«, schrie ich durch die Mensa, und tatsächlich konnten sie plötzlich ihre Beine in die Hände nehmen und sich verpissen.

»Da hat aber wieder einer eine gute Laune«, lachte Winter und fand das wohl urkomisch.

»Halt die Schnauze.« Ich griff mir meinen Rucksack.

»Alter, wir haben dir nichts getan. Wenn die Kleine nicht auf dich steht, dann ...« Zwei Schritte konnte ich auf ihn zugehen, dann hielt mich Nick auf, der verdammt schnell aufgestanden war, um das mal zu sagen.

»Beruhige dich, Captain. Lass den Scheiß beim Training raus, aber nicht hier und nicht bei Winter, okay?«

Er hatte ja recht. Ich sprühte regelrecht vor Anspannung oder besser Adrenalin. *Sie hat mich einfach stehen lassen. Rattenscharf und nach diesem Kuss ... Das geht auf keine verdammte Kuhhaut, wie man so schön bei uns in Texas sagt ...*

»Hey, Blake. Alles okay?«

Wir alle blickten der Brünetten ins Gesicht, die lächelte, als hätte sie nichts von vorhin mitbekommen. Vielleicht hatte sie das auch nicht, wobei ... das Mädel trug ein bauchfreies durchsichtiges Top und keinen verdammten BH. Dazu eine der kürzesten Shorts in Kalifornien. Und wenn ich mal die Klamotten vergaß und das viele Make-up, dann sah sie einer gewissen Person sehr sehr ähnlich.

»Alter«, warnte Nick mich, weil er wusste, was gleich passieren würde.

»Name?«, fragte ich die Brünette. Sie wollte gerade antworten, als ich ihre Hand ergriff und sie mit mir zog. »Scheiß drauf, ich brauche keinen Namen. Komm mit.«

Nicks Rufe und auch Winter, der tatsächlich schrie, ich sollte mal mit dem Kopf denken und nicht meinem Schwanz, ignorierte ich.

»Ich find dich so toll, Blake. Ehrlich. Wenn du auf dem Spielfeld stehst, dann ...« Die Brünette quatschte und quatschte, aber ich blendete es aus, als wir in die Abstellkammer gingen, in der ich fünf Minuten zuvor noch mit Amber war.

Amber ...

»Uuh, wir sind ganz allein.« Sie zog mich an sich. Plötzlich war da nicht mehr die schüchterne College-studentin. Nein, wie alle anderen verwandelte sie sich in die Bitch, die sie im Grunde war. »Weißt du, wie lange ich schon davon geträumt habe, Blake? Du und ich, hier drinnen ...« Sie drückte mir ihre Lippen an den Hals, und grapschte mir grob an den Hintern, aber ich konnte nur an ihre Worte denken. »Jedes Mädchen träumt davon, Blake ... jedes.«

»Ookay ...« Ich griff mir ihre Hände, die sie um meinen Hals geschlungen hatte und hielt sie mir vom Leib.

»Was ist los?« Ich schaute ihr in die Augen. Sie war wirklich hübsch, versuchte das aber mit zu viel Schminke und verdammt viel Parfum noch zu betonen. Dabei machte sie es noch viel schlimmer. »Soll ich dir einen blasen? Ist es das ...« Sie fummelte mir an der Hose, wollte meinen Reißverschluss öffnen, was mich allerdings noch mehr beunruhigte.

»Hey, warte mal!«

Ich drückte sie auf die andere Seite und suchte den Abstand.

»Was ist dein Problem?«, fauchte sie mich wütend an.

Ja, was ist mein Problem? Sie ist sexy, willig und verdammt noch mal bereit, alles mit sich machen zu lassen ... was ist es also, das mich stoppt?

Die Frage brauchte ich mir gar nicht stellen. Das Mädchen war nur hier drinnen, weil sie mich mit ihren langen dunklen Haaren an die Kleine erinnerte, die zuvor abgehauen war.

»Verschwinde einfach!«, antwortete ich ihr seufzend.

»Arschloch!«, war ihr letztes Wort, dann hörte ich nur noch das Klicken der Tür, als sie hinausgegangen war.

Unrecht hatte sie nicht damit. Ich war ein Arschloch. Ein Arschloch, das nicht akzeptierte, mal abserviert zu werden. Ein Wichser, der sich deswegen ein anderes beliebiges Mädel nehmen wollte, nur um sich was zu beweisen? Dass ich es noch drauf hatte? Ich jede bekommen könnte, wenn ich denn wollte? Wie alt war ich gleich noch mal?

»Scheiße!«, fluchte ich und räumte die gesamten Regale mit einer Bewegung in der Abstellkammer ab.

Ich lehnte mich an eines der Regale und versuchte mich abzureagieren, als die Tür plötzlich aufging. Es war wohl doch zu laut gewesen.

»Das ging sehr schnell, selbst für deine Verhältnisse ...« Nick. Seufzend lehnte er sich an den Türrahmen und wartete ab.

»Willst du irgendwas Nützliches sagen oder weiterhin dämliche Kommentare abgeben?«

»Du hast sie nicht gebumst«, stellte er sachlich fest.

»Nein«, seufzte ich und drehte mich zu ihm um. »Habe ich nicht.«

Nick schüttelte schmunzelnd den Kopf.

»Seit drei Jahren gehen die Mädels ein und aus bei dir. Nur heute nicht ... warum?«

»Frag mich etwas, das ich dir auch beantworten kann.«

»Nur weil sie dich abgewiesen hat, heißt das nicht, dass sie dich beim nächsten Mal abweisen wird.«

»Ernsthaft, deine blöden Sprüche helfen mir gerade nicht weiter. Sag das, was du mir sagen willst, und in einer Sprache, die ich auch verstehe.«

Nick schüttelte genervt den Kopf, so als würde er mit einem Kleinkind sprechen. *Danke, Arschloch!*

»Du hast hier drin und in sämtlichen anderen Kammern jedes mögliche Mädel flachgelegt.«

»Und?«

Nick starrte mich eindringlich an und ich erschrak.

»Fuck! Und Amber ...«

»Und du hast dir ausgerechnet die Frau ausgesucht, die gegen all das ist, was du verkörperst, Blake.«

»Ich habe ...« *Es verkackt. Nicht verstanden. Ihr noch die Bestätigung gegeben, dass ich genau der miese Idiot bin, den sie in mir sieht ...*

»Ja, hast du, Kumpel. Aber meine schöne Freundin weiß schon Rat. Wenn sie wieder mit mir spricht.«

»Ihr habt Stress? Wegen Amber und mir?«

Nick seufzte, schaute mir dabei aber nicht in die Augen.

»Sie dachte, du wärst der perfekte Kerl für ihre beste Freundin. Dann erzählt Winter ihr, wo du gerade zu finden bist, und schon bin ich der Buhmann. Also ja, ich habe Stress mit Jill, weil du dir versuchst, was zu beweisen.«

»Laber nicht so einen Müll, ich wollte ...«

»Du wolltest die nächstbeste Brünette flachlegen, um dir zu beweisen, dass es dir scheißegal ist, dass Amber dich stehen gelassen hat ...« Ich legte mir meinen Rucksack über die Schulter, während ich seufzend zuhörte. »Und so wie das aussieht, hat dir der Scheiß nichts gebracht. Wobei doch ... ich denke, du weißt ganz genau, was du willst ...«

»Ehrlich, du nervst, Nick«, sagte ich und lief an ihm vorbei.

»Ja, ich nerve. Und ja, du wirst es mir danken«, antwortete er mir und schlug mir auf die Schulter.

»Danken?«

»Du wirst schon ...«

»Amber Jenkins?«, keifte Kelly mir plötzlich ins Ohr, sodass wir kurz vor der Mensa stehen blieben. »Und nach der Schlampe nimmst du dir noch Claudia Humphrey?«

»Wen?«

»Das ist doch nicht zu fassen«, schrie sie weiter, und in meinem Kopf entwickelte sich wieder dieser Kopfschmerz. Jedes Mal, wenn Kelly Sanders in der Nähe war. Das hatte doch verdammt noch mal etwas zu bedeuten!

»Wenn du glaubst, dass ich akzeptiere ...« Aber soweit ließ ich Kelly gar nicht ausreden.

Mit einem Schritt war ich ihr so nah, dass sie erschrocken Luft einatmete.

»Dass du was akzeptierst? Ich ficke wen und wo ich will. Das Einzige, was sicher ist, ist, dass ich dich nicht mehr ficke. Klar?« Sie war wieder bereit, Kontra zu geben, aber soweit würde ich es nicht kommen lassen.

»Und Amber löschst du direkt aus deinem sowieso schon mageren Wortschatz. Ist das klar?«

»Amber?« Man konnte ihr ansehen, wie widerwillig sie schon den Namen aussprach. *Die Weiber und ihre Zickereien ... zum Kotzen ...*

»Ich werd dir den Scheiß nicht noch aufschreiben.« Ohne ein weiteres Wort lief ich mit Nick weiter.

AMBER

»Ich bin so sauer«, sprach Jill und setzte sich mit mir in unser Lieblingsrestaurant. Auch wenn unser monatlicher Besuch schon gelaufen war, zog es uns dennoch hierher.

Wir setzten uns auf die Terrasse des Restaurants unseres Vertrauens.

»Wir sollten eine Ladung Burritos bestellen und Enchiladas und ...« Jill griff sich die Speisekarte und zählte so einiges auf.

»Wer soll das alles essen?«

»Na, wir zwei. Ich brauche Nervennahrung, weil Nick ein Idiot ist, und du brauchst es, weil Blake ein Arschloch ist.«

»Blake ist mir egal«, antwortete ich viel zu wütend und griff mir die zweite Speisekarte.

»Das findet der Knutschfleck da aber nicht.« Jill zeigte auf meinen Hals und mein Puls schoss in die Höhe.

»Wo?«, fragte ich panisch und brachte meine beste Freundin damit wie verrückt zum Lachen. »Schön, dass du deinen Spaß hast!«

»Und für mich gut zu wissen, dass er also so weit kam, bevor du abgezischt bist.« Jill grinste und ich hätte meinen Kopf am liebsten unter dem Tisch vergraben.

»Das wird nicht noch mal passieren!«

Auf den Weg hierhin hatte ich mir das selbst mehrmals zugeflüstert. Vielleicht half noch eine Zeremonie mit Weihrauch? Um diesen Kuss zu vergessen? Denn wenn ich ehrlich zu mir selbst war, war er unglaublich. Noch nie in meinem Leben wurde ich so geküsst. Nie! Und ja verdammt, ich hatte Sex und ich empfand es immer für gut. Aber das mit Blake? Das war ein Feuerwerk, das war ... Scheiße noch mal: Blake Michaels.

Der Arsch, der dich für so Besonders hält, dass er dich in die Abstellkammer, wie all die anderen Studentinnen geschoben hat, um dich flachzulegen! Wach endlich auf!

»Amber!«

Vor mir stand Javier, der Kellner und starrte mich genauso fragend an wie Jill.

»Hi, Javier!«

»¿Como estas, chica?«, fragte er mit seinem üblichen strengen Akzent.

»Estoy bien, Javier. Gracias«, lächelte ich ihn an, und er grinste zurück. Einmal im Monat aßen wir hier, und Javier bediente uns immer. Dabei lernten wir uns kennen. Er war Mitte vierzig, in zweiter Ehe verheiratet, und hasste seine Frau genauso wie Ehefrau Nummer eins. Javier war vierfacher Vater und flirtete gerne. Aber im Grunde war er eigentlich einfach ein netter Kerl. Er arbeitete von morgens bis abends für Frau und Kinder. Deswegen war vielleicht doch nicht alles blöd ...

»Ich hasse es, wenn du das machst«, kommentierte Jill, während Javier mit den Speisekarten unseren Tisch verließ.

»Was?«

»Du sprichst eine Fremdsprache, als wäre es nichts.«

»Spanisch hatten wir auf der High School. Du auch, wenn ich dich erinnern darf.«

»Du hast gerade die gesamte Bestellung auf Spanisch geordert.«

»Spanisch ist eine Weltsprache, nach Englisch, Französisch und Deutsch«, verteidigte ich mich.

»Natürlich. Das ist ein Argument«, antwortete Jill und verdrehte die Augen.

»Hey, ich nutze meine Möglichkeiten. Immerhin habe ich nur die Hälfte an Tortillas bestellt, die du haben wolltest.«

»Hey!«, beschwerte Jill sich.

»Wer zum Teufel soll das alles essen? Die Bestellung reicht immer noch für vier!«

»Ich dachte ... Mann, ich dachte, Essen hilft bei Liebeskummer«, seufzte sie enttäuscht.

»Du machst das alles wegen mir?«

»Ha«, rief sie laut und zeigte mit dem Finger auf mich. »Also doch! Du stehst auf Blake! Du bist verknallt in ...«

»Psst«, fauchte ich sie an und achtete auf unsere Umgebung. Niemand, der auf der Terrasse saß, interessierte sich für uns.

»Ich wusste es. Und er steht auch auf dich. Das hat Nick erzählt.«

»Wooow. Moment mal. Blake hat Nick erzählt, dass er auf mich steht? Jill, Blake steht auf alles, was weiblich und zu haben ist. Das entspricht allen Studentinnen!«

»Ach, komm!« Jill verschränkte die Arme vor der Brust und grinste. »Als wenn du, wie all die anderen

Weiber, nicht auch auf ihn stehen würdest. Ich kenne dich, beste Freundin. Du wärst niemals mit in die Abstellkammer gegangen, wenn ...«

Schnell hob ich die Hand, um sie zu bremsen.

»Schon gut. Ja, ich bin mitgegangen. Aber ich bin auch wieder raus. Nur wird das dass halbe College falsch verstehen. Vermutlich bin ich gerade die nächste Eroberung von ...«

»Pah«, kam es von der anderen Seite des Tisches. Jill starrte mit schmalen Lippen auf ihr Handy.

»Was ist los?«

»Nicht die letzte ...«, sprach sie und ich verstand nur Bahnhof.

»Jetzt stehst du darauf, in einer anderen Sprache zu reden, oder?«

Seufzend schüttelte sie den Kopf, während sie mir ihr Handydisplay vors Gesicht hielt. Darauf war Blake zu sehen, Hand in Hand mit einem Mädchen ...

»Das ist das Mädchen, mit dem er nach dir gesehen wurde. Du bist nicht seine letzte Eroberung gewesen.«

Wieder starrte ich dieses unscharfe Bild an, das allerdings alles aussagte, was es zu sagen gab. Blake war Blake. Ihm Vorwürfe machen, weil er nun mal genauso war, wie alle es bereits wussten? Nein, so verrückt war ich nicht.

Ich war diejenige, die ohne weiter darüber nachzudenken mitgegangen war. Mir war doch bewusst, was er in der Abstellkammer wollte ... ich dumme Kuh!

»Tut mir leid, Amber. Ich dachte, er wäre ... Mann, ich hatte keinen Streit mit Nick. Das war alles nur Taktik.«

»Ach?« Ich tat überrascht, war es aber nicht. Jill hatte vielleicht eine Wandlung durchgemacht, aber wenn sie wirklich Stress mit ihrem Freund gehabt hätte, würde sie längst in irgendeiner Ecke liegen und herumheulen.

»Ja«, antwortete sie seufzend und biss sich verlegen auf die Unterlippe. So sah sie wirklich total niedlich aus. »Ich wollte dich dazu bringen, auf die Mottoparty in zwei Wochen zu gehen und dich dann den Tatsachen zu stellen.«

»Welche Tatsachen?«

»Dass du Blake magst. Und er dich.«

Ich verdrehte die Augen.

»Genau. Und lass mich raten? In deiner Vorstellung steigt er von einem Pferd, trägt Stiefel und redet mich als holde Maid an, oder was?«

»Eine Frau darf doch träumen, oder? Also, kommst du trotzdem mit zur Mottoparty?«

»Jill ...« Ich stöhnte, ja wirklich.

»Ach, komm schon. Es ist unser letztes Jahr.«

»Dir ist schon klar, dass dieses Jahr die 50er und 60er Jahre Thema sind«, versuchte ich sie, damit zu verschrecken. Aber leider grinste sie nur.

»Ich weiß. Das ist doch cool.«

Ich seufzte. Sie war nicht davon abzubringen.

Die Mottopartys wurden vor einigen Jahren eingeführt. Der Direx hatte die Schnauze voll, dass an Halloween ewig über die Stränge geschlagen wurde. Deswegen verbot er über Halloween die inoffiziellen Partys bei den Verbindungen, und die Mottoparty auf dem Campus war die einzige Möglichkeit, überhaupt irgendwas zu feiern. Leider Gottes erfolgreich. Jedes Jahr sprengten die beliebten Studenten jegliche Partys. Und jedes Mal zog ich es vor, früh schlafen zu gehen.

»Ich hasse dich«, antwortete ich ihr, und sie freute sich etwas zu sehr, weil ich nachgab.

»Ich werde Nick ignorieren und du Blake. Super. Ich habe auch das perfekte Kleid dafür. Und für dich finden wir auch noch was Schönes. Das wird sicher ein toller Abend.«

Ich bezweifelte das stark. Und auch als ich nach einem reichhaltigen Essen in meinem Wohnheim ankam, war ich mir nicht sicher, ob das mit der Mottoparty so eine gute Idee war. Erst recht nicht, als ich nachts von Blake, einem Pferd und einem Burgfräulein träumte, das mir verdammt ähnlich sah.

BLAKE

Online. Das Wort, das mich verhöhnte. Amber verhöhnte mich.

Winter und Nick spielten am Kickertisch, während ich auf dem Sofa hockte und auf diesen beschissenen Status auf meinem Handy starrte.

Online. Dennoch schrieb sie mich nicht an. Was sollte das?

»Gewonnen«, rief Winter, riss die Arme hoch und grinste.

»Revanche, du Penner! Und diesmal zeig ich dir, wie man richtig spielt«, drohte Nick.

»Ja ja, ey Blake. Spielst du den Schiri oder starrst du lieber dein Handy an? Man muss schon das Display bedienen, wenn man ...« Ich ließ den Idioten Winter gar nicht erst ausreden.

»Ohne Scheiß, kann sie nicht antworten? Amber ist ständig online und kann meine Nachricht nicht lesen? Wen will sie hier eigentlich verarschen!«, redete ich mir meine Gedanken von der Seele.

»Was hast du denn geschrieben?«, fragte Nick und legte die Kugel in den Kicker.

»Hey«, war meine simple Antwort.

Den Blick, den Nick und Winter miteinander austauschten, sagte alles.

»Was?«

»Alter. Du vögelst direkt nach ihr eine andere und wunderst dich, weil sie bei deinem »Hey« nicht antwortet?« Winter schien ernsthaft an meinem Verstand zu zweifeln, und das tat ich langsam auch.

»Mich haben Weiber schon für weniger abfackeln wollen,« lachte Winter. Er fand das witzig, aber wir konnten darüber nicht lachen. Immerhin war dieser Abfackel-Versuch hier in der Bude von einer seiner irren Bräute gestartet worden. Erfolglos, um das einmal zu sagen. Das Mädchen kam nur bis in den Flur mit ihrem Benzinkanister.

»Ich hab sie nicht gevögelt, klar. Und vergleich deine Psychoweiber nicht mit Amber!«

»Wen hast du nicht gevögelt?«

»Beide!«

»Deswegen sitzt du wie der letzte Loser auf dem Sofa herum? Ja, Alter, ich wäre auch von mir enttäuscht, wenn ich bei beiden nicht gelandet wäre ...«

»Corey«, warnte Nick ihn. Er wusste ganz genau, dass Winter nur noch ein einziges falsches Wort sagen musste, und er würde meine Faust kassieren.

»Was denn? Blake war immer schon der größte Aufreißer von uns allen! Und jetzt wundert er sich, dass ein Mädel darauf keinen Bock hat? Auch er muss mal mit Niederlagen leben!«

Wahre Worte, die er da sprach. Ich war ein Aufreißer und mir war es scheißegal, was die anderen davon hielten. Aber nicht Amber. Sie sollte nicht denken ...

Fuck.

Was hatte ich denn erwartet? Aus Trotz - oder warum auch immer - hatte ich mir das nächste Mädchen genommen, weil ich dachte ... ich dachte ehrlich gesagt gar nicht weiter nach. Im Grunde war mir auch bewusst, dass das schnell die Runde macht. Das tat es immer. Jeder wusste über meine Affären Bescheid, meine One-Night-Stands. Und Amber hatte mir mehr als einmal sehr deutlich klargemacht, dass sie nicht dazugehören würde. Was störte mich also jetzt daran?

Ich hatte sie vergrault, würde nicht mehr bei ihr landen. Normalerweise wäre das doch jetzt Grund genug sich umzuorientieren. Verdammt, es war mein letztes College-Jahr und eigentlich Zeit, noch mal die Sau rauszulassen, bevor das Arbeitsleben rufen würde. Aber im Grunde war es genau das, was ich nicht mehr wollte.

»Alles klar?« Nick stand direkt vor mir, ich war mittlerweile aufgestanden und starrte vor mich hin.

»Keine Ahnung.« Ich schaute noch mal auf mein Display. Amber hatte mir immer noch nicht geantwortet, und die Leere, die sich deswegen in meiner Brust ausbreitete, war nicht nur neu für mich, sie tat auch scheiße weh.

»Vielleicht lässt du sie erst einmal in Ruhe. Wir müssen morgen das Spiel gewinnen, Ablenkungen helfen da nur bedingt.«

»Und wenn ich das nicht will?« Plötzlich umfing mich die Panik, dass sie wirklich gar nichts mehr mit mir zu tun haben wollte.

Nein. Das will ich nicht. Ich will nicht, dass die Scheiße von vorne losgeht. Wir ignorieren oder hassen uns. Nein. Das wird es nicht mehr geben!

Nick lächelte leicht.

»Dann mach was. Aber vorzugsweise nichts mit anderen Mädels. Das kommt nicht so gut, Alter.«

Zehn Stunden vor unserem großen ersten Spiel stand ich vor unserem Mathekurs und wartete auf sie. Nick und die anderen saßen noch in der Mensa herum, wie alle Studenten. Es war auch völlig bescheuert, zwanzig Minuten vor Kursbeginn hier zu warten ... Aber was tat man nicht alles, wenn man verrückt nach der Strebertussi mit der Hornbrille war?

»Was machst du denn schon hier?«

Sie stand direkt vor mir und starrte mich überrascht an. Wieder trug sie ihre Haare zusammengebunden, die dicke Brille und verschlissene Jeans mit einem nichtssagenden Shirt. Und dennoch zuckte mein Schwanz in der Hose und mein Puls beschleunigte sich.

»Gut, dass dir auch auffällt, dass es ziemlich früh für unseren Mathekurs ist. Ich wollte mit dir reden!«

»Reden?« Sie schien verblüfft, schüttelte dann aber ihren süßen Kopf. »Ich denke, das haben wir in den letzten Jahren genug getan. Lässt du mich mal vorbei?«

Einen Augenblick musterte ich ihr hübsches Gesicht, ließ sie dann aber vorbei, damit sie in den Kursraum laufen konnte.

Wie ich es mir gedacht hatte, war noch niemand hier, was mir wiederum helfen konnte, doch noch mit Amber zu reden.

»Was machst du da?«, fragte sie mit lauter Stimme, als ich mich neben sie setzen wollte.

»Nach was sieht es wohl aus? Ich will mich zu dir setzen.«

»Kommt gar nicht in die Tüte. Du hältst ab sofort Abstand. Viel Abstand.« Sie schmiss ihre Tasche mit Elan auf den Stuhl und wartete darauf, dass ich tatsächlich Abstand nahm und einen anderen Stuhl aussuchte.

»Du bist sauer«, stellte ich ruhig fest. »Darf ich mich wenigstens dafür entschuldigen?«

Sie zuckte mit den Schultern. »Ich wüsste nicht, wofür.« Amber versuchte diese Sache gestern wirklich zu vergessen? Oder spielte sie mir was vor?

»Amber ...« Ich fuhr mir frustriert durch mein Haar. »Ich hab die Kontrolle verloren, als wir in der Kammer gelandet sind. Ich hab nicht nachgedacht, ich ...«

»Du denkst nie nach, Blake. Und das ist dein Problem«, stellte sie fest und legte Stift und Papier auf den Tisch. »Aber das ist okay so. So bist du einfach.« Amber zuckte mit der Schulter. »Und ich bin nicht irgendeine Studentin, die man einfach so vögelt. Also, was willst du jetzt von mir? Du willst, dass ich nicht mehr sauer auf dich bin? Das geht nicht. Denn das bin ich immer. Schon vergessen? Also erspar uns den Scheiß und sei einfach wieder der miese Idiot, wie zuvor auch.«

Diese Sache ging gerade in eine Richtung, die mir gar nicht gefiel. Amber verhielt sich zu neutral, zu ... ruhig. Und sie ignorierte mich schon wieder.

»Hey!« Meine Hände stützten sich an ihren beiden Stuhllehnen ab. Amber drückte sich panisch in den Stuhl, während ich den Abstand immer mehr verringerte.

»Ich stell hier mal eines klar: Diese ganze »Ich hasse dich, und du mich noch mehr«-Sache läuft nicht mehr.«

Ihre Augen fixierten mich mit einer Ruhe, die mich nervös machte, und dennoch musste ich das hier loswerden. Sie dachte also, dass sie Abstand bräuchte? Verdammt noch mal: Sollte sie es doch versuchen!

Wenn sie zwei Schritte zurück machte, würde ich vier wieder aufholen!

»Ach, wirklich?«, hakte sie nach und klang alles andere als sicher.

»Da kannst du Gift drauf nehmen«, versicherte ich ihr und wir starrten uns beide an. Wer würde als erstes den Blick abwenden? Wieder überraschte sie mich, indem sie mir weiterhin in die Augen schaute und dann tatsächlich rot anlief.

»Lass mir endlich Luft zum Atmen, Blake«, fauchte sie und drückte mich ein Stück von sich weg. Amber holte einmal tief Luft und funkelte mich dann wieder wütend an. »Was glaubst du eigentlich, was das hier werden wird? Eine verschissene Romeo-und-Julia-Story?«

Ich lehnte mich an die vordere Stuhlreihe an, verschränkte meine Arme vor der Brust und schüttelte den Kopf.

»Das Ende gefällt mir nicht besonders«, antwortete ich ihr.

»Und mir gefällt es nicht, dass du denkst, ich würde dich noch anrühren, nachdem du irgendwelche anderen ...«

»Meine Fresse, ich ficke keine Studentinnen mehr! Ist es das, was du hören wolltest? Glaub mir, dass ich das mal sagen würde, hätte ich auch nicht gedacht, aber es ist nun mal eine Tatsache.«

Skeptisch beobachtete sie mich.

Warum im Gottes Namen haben mein Schwanz und mein Kopf Amber ausgesucht? Die Frau bringt einen nur mit ihrem Mundwerk ins Grab. Und das ist nicht mal versaut gedacht!!!

»Und was willst du mir damit jetzt sagen?«

»Ich hab keine Ahnung, was ich damit sagen will ...« Die ersten Studenten kamen in den Kurs, als es mir doch klar wurde. »Du bist nicht wie die anderen. Du ... machst dir nichts daraus, was man über dich denken könnte, oder ...«

Amber schnaubte und spielte mit ihrem Stift herum.

»Wenn sie über dich reden, dann nur, weil ich ein Idiot war und das falsche Mädchen in diese verdammte Abstellkammer geschoben habe.«

»Welches Mädchen?«, fragte sie und unsere Blicke trafen sich.

Ich hatte keine Vergleichsmöglichkeit, aber wenn mich diese Augen weiterhin so ansahen, wie sie es jetzt gerade taten, dann ...

»Ihr bringt euch nicht um«, stellte Nick fest, der sich zu uns gesellt hatte.

Großartig.

»Hey, Nick«, begrüßte Amber ihn und schien auch nicht gerade begeistert darüber zu sein, dass er uns gestört hatte.

»Hat er dir schon die Hölle heiß gemacht, weil du ihm nicht zurückgeschrieben hast?«, grinste Nick, und am liebsten hätte ich ihm dafür die Fresse poliert. Er setzte sich neben Amber und wartete auf ihre Reaktion.

»Ich hab ihn blockiert, da kann er lange warten«, war ihre simple Antwort, die mich allerdings echt schockierte.

»Blockiert? Verarsch mich nicht.«

»Du hast es verdient«, entgegnete sie mir und zuckte mit der Schulter. Mein bester Freund nickte.

»Hast du.«

Amber grinste mich an und ich konnte das Schmunzeln auch nicht lange zurückhalten, während ich mich auf den anderen freien Platz neben ihr setzte.

AMBER

»Sie starrt dich an«, stellte Jill fest, während wirklich alle anderen aufs Spielfeld blickten und die letzten Minuten des Spiels sehen wollten.

»Wenn sie mich als Ausblick schöner findet, soll sie das«, antwortete ich ihr und blickte erst recht nicht in Kellys Richtung.

»Sie sieht eher so aus, als würde sie etwas planen.«

»Was soll sie denn planen? Ich würde ihr vielleicht die Organisation der nächsten Shopping-Tour zutrauen. Mehr aber auch nicht.«

Die Menge jubelte, während die Jungs die letzten Kraftreserven mobilisierten.

Jill kicherte. »Blake soll ihr eine Ansage gemacht haben.«

»Was für eine Ansage?«

»Dass sie Geschichte ist und du nicht.« Mein Herz machte einen Rückwärtssalto mit doppelter Drehung oder so was, während ich versuchte Jills Worte zu verarbeiten. »Glaub es ruhig.«

»Du bist wirklich sauer auf Nick und Blake. Man merkt es richtig«, antwortete ich ihr ironisch.

»Und du auf Blake. Immerhin ist das das erste Spiel, das du besuchst. Warte, das du überhaupt jemals besucht hast!«

Wir beide blickten uns grinsend an. Mehr brauchte man auch nicht dazu sagen.

»Du magst ihn ...«, sprach sie leise. Die Menge war laut am Jubeln, aber nicht zu laut.

Diesmal gab ich kein Kontra. Diesmal verneinte ich nichts. Denn dieses Mal wusste ich es auch und gab es somit zu.

Es war zum verrückt werden. Ehrlich. Blake raubte mir den letzten Nerv. Sprichwörtlich. Das lief seit drei Jahren so. Aber mittlerweile hatte sich unsere Beziehung oder wie immer man das nennen konnte, verändert. Er suchte meine Nähe nicht, um mich darauf aufmerksam zu machen, dass mich jemand wegen meines Körpergeruchs meidet ... nein, er suchte meine Nähe, weil er mich mit diesen verdammt intensiven Augen anlächeln wollte. Er lachte über Witze, die ich immer noch auf seine Kosten hielt. Er stimmte mir zu, wenn ich seine Teamkollegen zurechtwies. Blake ... Blake Michaels hatte ich einfach total unterschätzt. Er war nicht nur der Sohn eines einflussreichen Anwalts. Er war nicht nur Quarterback und Frauenschwarm. Blake war ...

»Touchdown«, rief der Kommentator - besser bekannt als Quincy Jones, der im gleichen Semester wie wir war - über das gesamte Spielfeld. Wie immer waren die Ränge voll, als sich das halbe Team auf die Nummer 22 stürzte. Es war Blake, der wohl wieder mal zeigte, was er für ein Talent besaß. Wir alle standen auf und jubelten. Also, ich klatschte verhalten und dachte immer noch darüber nach, was Blake in den letzten Tagen und Wochen alles angestellt hatte.

»Er sieht zu dir«, rief Jill plötzlich laut, nachdem sie mich mit dem Ellbogen anstupste.

Ich blickte in seine Richtung. Die Jungs hatten aufgehört, ihn zu umringen, vereinzelt schlugen sie ihm noch auf das Trikot, während er den Helm abnahm und tatsächlich zu uns starrte. Seine Gesichtszüge konnte ich von hier aus nicht erkennen, vielleicht fand er uns auch nicht in der Menge und blickte zu Kelly oder sonst wem. Aber dass mein Puls viel schneller schlug als vor wenigen Sekunden noch, und meine Hände anfingen zu schwitzen, sagte zumindest über mich viel aus.

»Michaels! Michaels! Michaels!«, brüllten die Zuschauer und wieder einmal wurde mir bewusst, was für einen Stellenwert er auf dem Campus besaß.

Mein Handy in der Jeanshose vibrierte, während alle weiter unseren Sieg feierten. Ich las die Nachricht, die ich zugeschickt bekommen hatte.

Mom, 18.12 Uhr: **Hey, mein Schatz. Zoe fragt den ganzen Tag schon nach dir. Kommst du morgen auf einen Besuch vorbei?**

Ich brauchte nicht darüber nachdenken. Ich machte einfach.

»Ich muss los.«

»Ist was passiert?«, fragte Jill beunruhigt, während ich schon begann von der Tribüne zu laufen. Sie folgte mir.

»Ich weiß nicht. Mom ist momentan etwas fertig ...«

»Ja, das merk ich. Das Semester hat kaum begonnen, da haust du schon wieder ...« Wir befanden uns schon halb auf dem Parkplatz, als ich mich zu ihr umdrehte.

»Sie brauchen mich, Jill.«

»Klar.« Sie verschränkte die Arme vor ihrem Oberkörper und starrte lieber den Betonboden an, statt mich.

Auch wenn Jill sich seit dem Sommer stark verändert hatte, kannte ich ihre Meinung zu dem Thema. Sie fand, ich würde mich zu viel um Mom und Zoe kümmern ... das verstand ich irgendwie, aber irgendwie dann auch nicht.

»Sie sind meine Familie«, versuchte ich mich dann noch zu erklären.

»Und das hier ist dein letztes Jahr auf dem College. Danach wird alles anders sein. Dann bist du nur noch die Schwester von ... willst du das, Amber?«

Mir war klar, worauf sie hinauswollte.

»Wenn ich nicht mehr wäre, dann ...«

»Das kann ich mir nicht mehr anhören. So wirst du jedenfalls nicht glücklich, wenn ...«

»Ich muss los«, unterbrach ich sie, umarmte sie - für ihren Geschmack vermutlich zu lang - und lief Richtung Bushaltestelle.

BLAKE

Nachdem wir das erste Spiel gewannen, gab es auch dementsprechend gute Stimmung in der Kabine. Winter sang die wirklich schrecklichste Version von »We are the Champions« und einige Jungs ließen sich schon aus der Kabine von irgendwelchen Studentinnen direkt in die nächstgelegene Ecke zerren. Der ganz normale Wahnsinn also. Mit nur einem Unterschied. Dass ich lieber zusah, als mitzumachen. Okay, das hörte sich jetzt perverser an, als es wirklich war.

Ich nahm meine Sporttasche, warf sie mir über die Schulter und lief Richtung Parkplatz. Winter würde eh nicht mitkommen, da waren noch zwei Rothaarige, die ihm etwas »zeigen« wollten, und Nick suchte Jill, die, so weit ich das vom Spielfeld aus sehen konnte, tatsächlich Amber mit im Schlepptau hatte. Sie war nie zu einem Spiel gekommen, das wusste ich von ihrer besten Freundin. Deswegen freute ich mich insgeheim wie ein Trottel, dass sie jetzt gewesen war.

»Warum grinst du denn so?«

Ich wollte gerade die Tür meines Jeeps aufschließen, als Jill von der Ladeklappe aus zu mir sah. Was hatte sie auf meinem Wagen zu suchen?

»Heilige Scheiße«, fluchte ich und pisste mir vor Schock fast in die Hose.

»Habe ich etwa den besten Quarterback aller Zeiten erschreckt?«, grinste sie. »Cool.«

»Nick sucht dich. Ich schätze, ihr beide habt es noch nicht so mit dem Absprechen«, erklärte ich, ohne auf ihre Sprüche einzugehen.

»Neidisch, dass wir uns absprechen können?«

Auch diese Spitze ignorierte ich, als ich meine Tasche in die Fahrerkabine schmiss.

»Neidisch sein auf Monogamie, Liebe machen und das mit nur einer Frau? Jepp, ich bin richtig ...«

Jills musternder Blick ließ mich schon fast vor Schreck zusammenzucken, weil ich mich bei diesen Worten selbst nicht ganz wohlfühlte.

»Vorsicht, Mr. Michaels. Ich könnte Amber von diesem Gespräch erzählen, und die wäre sicher nicht begeistert.«

»Warum wäre sie nicht begeistert?«, fragte ich und fand dieses Gespräch immer interessanter.

Sie schnaubte, kletterte etwas umständlich von meiner Ladefläche herunter und baute sich vor mir mit ihren niedlichen 1,60 m auf, als wäre sie hier der 1,90 m Riese und nicht ich.

»Du hast unzählige Frauen in den unmöglichsten Ecken flachgelegt, und checkst die einfachste Sache der Welt nicht.« Sie fasste sich an die Stirn. *Hat sie Fieber, oder was?*

»Nick war ja schon wirklich ... schwer von Begriff, aber du bist echt der Trump unter deinen Freunden.«

»Ich bin Texaner, ich sehe das als Kompliment.«

»Amber würde sich eher die Zunge abhacken, bevor

sie es zugibt. Moment.« Sie hob die Hand und schüttelte den Kopf. »Sie mag dich, okay? Sie kann aber leider nur schwer damit umgehen, dass du sie wie alle Frauen in einer Besenkammer flachlegen wolltest.« Ich setzte an, etwas sagen zu wollen, aber Jill schnitt mir sofort das Wort ab. »Ehrlich, du hast dir nicht gerade die einfachste Frau ausgesucht, um einen auf verknallten Studenten zu machen.«

»Wie zum Teufel ...«

»Wie zum Teufel ich das herausgefunden habe?«, grinste sie und wusste ganz genau, dass ich nicht diese Frage stellen wollte. »Jeder sieht es.«

Ich schnaubte, als ich die Tür mit einer schnellen Bewegung zuschlug.

»Es war nur der Versuch, ein Date zu bekommen, mehr nicht.«

»Ein Date von dem Mädchen, das in Wetteinsätzen immer gegen dich gewinnt.«

»Verarsch mich nicht«, sagte ich völlig fassungslos. Das war doch ein schlechter Scherz. *Ich bin der verdammte College-Liebling! Jeder Heini will sich einmal zumindest mit mir blicken lassen. Ich bin ...*

»Amber hat immer nur gegrinst, wenn ich ihr die Ergebnisse erzählt habe, aber es stimmt. Mehr als das halbe College war der Auffassung, das Arschloch, eben immer ...«, sie zuckte mit der Schulter, »... Arschloch bleibt.«

»Und deswegen haben sie gegen mich gewettet?«

»Unter anderem. Na ja, manche fanden wohl auch, dass Amber cooler ist. Immerhin bringt sie keine kindischen Soßenangriffe oder ist dafür verantwortlich, dass man ohne Klamotten und nur in Unterwäsche auf dem Campus herumlaufen muss.«

»Ach, komm, die Sache ...«

»Hey, Baby. Du bist doch schon hier? Ich hab dich wie bescheuert gesucht.« Nick gab ihr einen langen Kuss auf die Lippen und tatsächlich schaffte er es, Jill mal zum Erröten zu bringen. Ich hatte das Gefühl, das konnten nur wenige.

»Wo ist Amber?«, fragte er und sah sich um. *Wo verdammt ist sie hin?*

»Sie musste etwas erledigen. Ich denke nicht, dass wir sie das Wochenende noch sehen ...«

»Was soll das heißen? Wo ist sie hin?«, fragte ich angepisst.

»Hey, das ist meine Freundin, die du da gerade an-machst.« Nick sagte das absolut ruhig, meinte es aber todernst.

»Nick ...« Sie drückte ihre Hand beruhigend auf seine Brust.

»Und meine ist wieder mal sonst wohin«, feuerte ich den beiden vor die Füße, ohne einmal darüber nachzudenken, was ich da redete.

»Alter! Sie ist dank deiner ständigen Aktionen nicht deine Freundin.«

»Oh mein Gott, du willst wirklich etwas Festes«, kreischte Jill vor Freude und fiel ihrem Freund wie ein Klammeraffe um den Hals. Der schaute mich genauso verwirrt an wie ich ihn.

Ich öffnete den Mund, um ihr zu sagen, dass sie da etwas falsch verstanden hatte, aber war das wirklich so? Nein. Immerhin war ich ja angepisst, dass Amber wieder weg war. Ich war sauer, weil Amber nicht in meiner Nähe war. Was zum Teufel war so wichtig, dass sie direkt nach dem Spiel abgehauen war?

»Okay, in Anbetracht der neuen Umstände«, begann Jill vor sich hin zu schwafeln.

»Umstände?«, flüsterte ich Nick zu, doch der zuckte nur unwissend mit der Schulter.

»Amber ist ... sie hat viele Verpflichtungen. Ich habe ihr schon öfter gesagt, dass sie mehr an sich denken soll, aber hört sie auf mich? Nein. Amber tut nur das, was Amber will.«

»Jill«, rief ich ihr zu, und sie kam wieder im Diesseits ihrer Gedanken an. »Wovon sprichst du?«

»Das ...« Sie hob die Hand, ließ sie aber wieder fallen. »Kann ich dir leider nicht sagen.«

»Willst du mich ...« Ich blickte zu Nick herüber. »Will deine Freundin mich verarschen?«

»Sie kommt ja wieder, Mr. Quarterback. Dann fragst du sie am besten selbst.«

»Sie spricht ja kaum mit mir.«

»Zu Recht«, nickte Jill und hakte sich bei Nick an, nachdem sie zum Jeep liefen und einstiegen. »Aber sie ist zu einem Spiel gekommen, obwohl sie keinen Schimmer von Football hat. Wegen der Hot Dogs ist sie bestimmt nicht hingegangen.« Jill saß in der Mitte, während Nick am Fenster saß und ich auf der Fahrerseite einstieg.

»Du willst mir wirklich nicht sagen ...«

»Nein, will ich nicht, und dass du tatsächlich nicht begreifst warum, spricht nicht gerade für dich, Blake.«

Fragend starrte ich sie an, bis sie mit den Augen rollte und weitersprach.

»Du hast sie erst fertig gemacht ...«

»Das war jahrelang mein Ziel gewesen«, verteidigte ich mich und startete den Wagen.

»Ja, und während sie von Jason bedrängt wird, nutzt du die Situation aus und willst eine Freundin von ihr klarmachen.«

Ich fuhr vom Parkplatz herunter und bog auf die Straße.

»Das war ein Scherz, ich wollte sie nur ärgern wegen Eva.«

Nick rettete mir den Arsch, als er das Autoradio einschaltete. Aber Jill war schnell. So schnell, dass sie es in weniger als zwei Sekunden wieder ausgeschaltet hatte.

»Du meinst Jen«, verbesserte sie mich und ich seufzte auf. Waren die alle so? Warum schuf Gott noch mal die Frau? Das Geheimnis blieb er uns wohl noch schuldig!

»Ich wollte nichts von ihr«, erklärte ich und konzentrierte mich auf den Verkehr.

»Ja, umso schlimmer! Du hast ihr also weismachen wollen, dass du Jen flachlegen willst, und als sie dir dann dazu die Meinung sagt, wunderst du dich, dass sie zwölf Stunden später nicht mit dir ausgehen will?«

Mir lag es auf der Zunge, mich zu verteidigen, aber irgendwie klang das ja logisch. Auch wenn es von Jill kam.

»Du bedrängst sie so extrem, was ich wiederum süß finde, aber in Anbetracht der Umstände schon echt crazy ist. Und wäre das nicht schon genug, wird sie wegen Winters Aktion ...«

»Baby, komm ... Blake wusste nichts davon«, sprach Nick dazwischen.

»Ja, aber das muss erwähnt werden. Auch wenn Blake nichts dafür konnte, spiegelt es doch ihre Beziehung wieder. Die beiden haben sich gehasst. Da ist es doch klar, dass er nicht einfach darauf hoffen kann, dass eine Frau wie Amber ...«, sie drehte sich zu mir um, »... mit Hirnmasse«, dann schaute sie wieder Nick an, »... sich die Kleider vom Leib reißt, weil Blake gemerkt hat, dass sie etwas Besonderes ist.«

»Das habe ich doch gar nicht ...«

Vor mir bremste ein Penner so krass, dass auch ich eine Vollbremsung machen musste. Ich schlug auf das Lenkrad ein, während Jill, die Nervensäge, über meine weiteren Verfehlungen reden wollte.

»Du hast vor allen Leuten erklärt, dass sie nicht angerührt werden soll. Das gleicht einer echten Liebeserklärung.«

Ich ignorierte ihr Geschwafel und hupte mehrmals dem Wichser vor uns zu.

»Und dann verhaust du es dir so dermaßen.«

»Stimmt«, mischte sich Nick wieder ein.

»Ernsthaft, benutzt ihr auch dieselbe Blase zum Pissen, oder was? Das ist ja nicht zum Aushalten«, stöhnte ich genervt auf.

»Wenn Nick mich in die nächste Besenkammer gesteckt hätte, wie all die Schlampen zuvor, dann wären wir sicher nicht ...«

»Okay. Ich hab es kapiert. Ich bin ein Arschloch. Ich hab es nicht anders verdient, dass ich nicht das Vorzeigepaar mit Amber für all diejenigen spielen kann, die sich dabei am liebsten übergeben würden. Noch was, dass ich vergessen habe?«

Ich fuhr auf unsere Einfahrt und stellte den Motor ab, damit ich Jill erwartungsvoll ansehen konnte.

»Eine letzte Frage ...« Ich schloss genervt die Augen und ergab mich der Scheiße. »Wie sehr kotzt es dich an, dass sie jetzt nicht bei dir ist?«

Sie lauerte auf meine Antwort. Das spürte ich, und ehrlich gesagt, irritierte mich diese Frage.

Wenn ich ernsthaft darüber nachdachte, war die Antwort schnell zu beantworten. Es nervte mich, dass ich keine Möglichkeit hatte mit ihr zu reden. Ich wusste zwar nicht, wo ich anfangen sollte ... Aber irgendwas wäre mir schon eingefallen. Aber dass Jill mir all meine Fehler noch brühwarm auf einem Silbertablett servieren musste, war ... erschreckend und ehrlich ...

Außer Amber redete keine Frau so offen mit mir.

»Ruf sie an. Sie ist auf dem Weg nach Oakland. Das dauert ein bisschen.« Ich öffnete meine Augen und Nick und Jill stiegen aus.

»Sag mal, warst du nicht sauer auf deinen heißgeliebten Kerl?«, rief ich ihr fragend zu.

Jill aber grinste nur.

AMBER

Es war schon fast zehn Uhr am Abend, als ich in mein Wohnheim kam. Auch wenn ich zu Hause hätte bleiben können, wollte ich es heute nicht.

»Verdammte Tür«, meckerte ich das Schloss an. Ich lief in völlige Dunkelheit, als ich ins Zimmer trat. Gin war wie so oft bei ihrem Freund und natürlich kam es mir heute mehr als gelegen.

Ich riss mir meine dünne Jeansjacke von den Schultern und griff mir ins Haar. Die Beule war tastbar und sie tat weh.

Heute Mittag spielten Zoe und ich. Sie malte irgendwann, ich saß neben ihr und las ein paar Zeilen für Chemie. Irgendwie hatte ich vergessen, dass der Müll abgeholt werden würde. Ich dachte sonst immer daran. Denn Zoe hasste das Geräusch des Müllwagens. Mit einer kräftigen Bewegung schmiss Zoe alles vom Wohnzimmertisch, schubste mich dabei ungewollt zur Seite und ich schlug mit dem Kopf an die Tischkante.

Die Kopfschmerzen wurden immer schlimmer und Mom schickte mich nach Hause. Eigentlich wollte sie, dass ich ins Krankenhaus ging. Aber ... nein, sie würden mich fragen, wie das geschehen war, das wollte ich nicht. Und so schlimm war es nun auch nicht.

Aber warum fing ich dann wie verrückt an zu heulen? Die Tränen flossen einfach die Wange herunter, als ich die Tür hinter mir schloss. Gin war wohl das ganze Wochenende nicht hier gewesen; das kleine Zimmer, bestehend aus zwei Betten, zwei Schränken und einem kleinen Fenster sah ordentlich aus.

Ich lehnte mich an die Tür, um mich zu beruhigen. Es war kein schönes Wochenende ... auch wenn es mit Blakes gewonnenem Spiel gut begonnen hatte. Zoe war nicht gut drauf, wenn es kühler wurde. Meist hing das damit zusammen. Sie war sehr sensibel dafür, wenn das Wetter sich veränderte.

Plötzlich klopfte es an die Tür. Zweimal.

»Amber, ich bin's«, sprach die Stimme mit einem leichten Südstaatenakzent durch die Tür.

Nein! Was wollte der denn jetzt hier? Vielleicht könnte ich ja so tun, als wäre ich nicht da?

»Ich weiß, dass du da drin bist ...«

Na wunderbar! Ich wischte mir hastig die Tränen aus dem Gesicht.

»Amber!«

»Ja ja,« reagierte ich wütend, »Dir ist schon klar, dass du eine seltsame Art an dir hast, die schon fast an Stalking erinnert ...« Ich riss die Tür wütend auf und blickte dem schönsten Mann dieser Welt ins Gesicht.

Blake stand mit den Händen in den Hosentaschen vor meiner Tür und spielte den sexy Quarterback.

»Geht es dir gut?« Seine Frage - und der Blick, den er über meinen ganzen Körper wandern ließ -, waren schon schlimm genug. Meine Haare sahen sicherlich beschissen aus und mein Gesicht? *Habe ich heute Mascara aufgelegt oder nicht? Man, ich erinnere mich nicht mehr!*

Vermutlich sah ich gerade aus wie ein Pandabär!

»Was zum Teufel willst du hier?«, fragte ich stattdessen und verschränkte die Arme vor der Brust.

»Ich war in der Nähe«, antwortete er und zuckte beiläufig mit der Schulter.

»Und da dachtest du, weil du zufällig im Wohnheim der Mädels herumlungerst, könntest du bei mir vorbeischauen?«

»Okay, es könnte vielleicht sein, dass ich auf dich gewartet habe ...« Blake blickte zur Decke, zur Seite, aber nicht in mein Gesicht, also machte ich Platz, um ihn hereinzulassen.

»Nettes ... Zimmer. Du hast eine Mitbewohnerin?« Er griff nach meiner Spieluhr, die mir mein Dad früher geschenkt hatte. Also nahm ich sie ihm schnell weg. »Wo warst du?«

»Du kommst gerne zur Sache, oder?«, fragte ich genervt und stellte die Spieluhr auf mein Regal, das über meinem Bett hing.

»Also, wenn du darauf wirklich noch eine Antwort haben willst«, grinste er dreckig und zog seine Lederjacke aus, die ihm so gut stand.

Aber das Shirt, dass er darunter trug ... war auch nicht ganz ohne.

»Was machst du da?«

»So ist es gemütlicher.«

»Wie soll ich es nur nett ausdrücken, dass ich keine Lust auf Besuch habe?«

»Du hast mich reingelassen.«

»Weil keiner mitbekommen soll, das du hier bist, Blake. Das ist der einzige Grund«, meckerte ich ihn an und zuckte sofort zusammen, als dieses Pochen wieder intensiver wurde.

»Was ist los?«

Er strich mir über die Stirn.

»Nichts ... es ist nur eine kleine Beule.«

»Von?« Sein Blick verdüsterte sich und er schien abzuwarten, was ich antwortete.

»Kannst du nicht einfach gehen? Bitte?« Vielleicht half das letzte Wort ja.

»Amber, wenn dich jemand verletzt hat, will ich das wissen.«

»Nein, es war ...«

»War es Jason? Hat er dich noch mal angefasst? Oder Winter? Ich schwöre, wenn er dir wieder einen Streich spielen wollte, dann werde ich ihm ...«

»Es war kein Kerl, Blake.«

Seine Falte auf der Stirn wurde immer tiefer.

»Es war ein dämlicher Unfall, okay. Beruhige dich.«

Die Anspannung, die von ihm ausging, lockerte sich. Blake fuhr sich durch sein Haar, und wieder dachte ich darüber nach, wie weich es sich wohl anfühlen würde.

»Ehrlich Amber ...« Er lief immer wieder zur Tür, dann wieder zu mir. »Du machst mich fertig. Also, im Kopf. Du hast dich da drin festgesetzt, wie ein verdammter Klammeraffe!«

»Wie ein ...«

»Ja, ein Klammeraffe«, brüllte er. »Ich hab dieses verdammte erste Spiel gewonnen, Honey und ... du warst plötzlich weg. Dein Handy war aus und ...«

»Mein Akku war ...« *Leer* wollte ich sagen, aber dazu kam ich nicht, weil Blake meine Oberarme packte und mich intensiv musterte.

Blake roch so wunderbar frisch geduscht, dass ich fast vergaß, wie verrückt das gerade alles war.

»Eigentlich wollte ich dir so einiges sagen, weil Jill meinte ...«

»Du hast mit Jill gesprochen? Meiner Jill?« Was zum Teufel trieb sie da eigentlich? Und was hatte sie ihm erzählt?

»Du siehst müde aus. Konntest du am Wochenende keinen Schlaf nachholen?«

Die Frage brachte mich völlig aus dem Konzept. Oder waren es doch seine Finger, die mir durchs Gesicht strichen? Irgendwie hatte ich keine richtige Antwort parat, weil Blake mich so besorgt musterte.

»Alles okay?« Blake schmunzelte, weil er genau beobachtete, wie ich ihn anstarrte, oder eher seine Lippen. Natürlich wusste er das. Blake war ein Arschloch.

»S-sicher.« Nicht mal mehr einzelne Worte konnte ich richtig aussprechen.

Erst jetzt wurde mir bewusst, dass sein linker Arm meinen Ellbogen festhielt, und die rechte Hand sanft über meine Wange streichelte.

»Was willst du, Amber?«

Ich will, dass du gehst. Ich will, dass du mich küsst. Ich will ...

»Was willst du?«, stellte ich stattdessen die Gegenfrage, und instinktiv drückte er sich näher an mich. Sein Kinn traf fast meine Stirn, als wir mitten in meinem Zimmer standen.

»Das bedarf keiner Frage.«

Ich sah es nicht kommen und dennoch erhoffte ich es mir. Blake küsste mich, so gierig und heiß, dass ich seinen Kuss ohne zu zögern erwiderte.

Mein Puls wollte neue Rekorde aufstellen, als ich rückwärts auf mein Bett fiel und wir beide auflachten.

»Du bist schwer«, stöhnte ich, als er halb auf mir lag.

»Honey, glaube mir, ich bin nicht nur schwer, ich …«

»Oh bitte«, kicherte ich und stieß ihn von mir. »Du mit deinem heißen Südstaatenakzent und diesen chauvinistischen Sprüchen, kannst …«

»Heißer Südstaatenakzent, also?«

Er zuckte übertrieben mit den Augenbrauen und brachte mich wieder damit zum Lachen.

»Du bist so bescheuert.«

»Dann bin ich also ein bescheuerter chauvinistischer Texaner mit heißem Südstaatenakzent … damit kann ich leben.«

Blake blickte mich mit diesen intensiven heißen Augen an, die mich schon seit Wochen verfolgten. Mein Körper bildete eine Gänsehaut, mir wurde ganz flau, während er mich einfach weiterhin anstarrte. Um uns herum blieb die Zeit stehen; es war so still, dass man eine Stecknadel hätte fallen hören.

»Wir sollten …«, beendete er die Stille, und diesmal konnte ich ganz deutlich sehen, wie er auf meine Lippen starrte.

»Wir sollten?«, flüsterte ich ihm zu.

Bevor unsere Lippen sich wieder treffen konnten, zog er sich etwas zurück.

»Du bist müde. Wir sollten schlafen.« Blake räusperte sich mehrmals, während ich dabei zusah, wie er die Kissen ausschüttelte und sich wirklich bereit machte zu schlafen. Wirklich jetzt?

Nur die Beule in seiner Hose sagte, was er fühlte.

»Du willst hier schlafen?« Meine Stimme klang viel zu hoch.

»Kommt deine Mitbewohnerin heute noch?«

»Nein, sie schläft bei ihrem Freund.«

Blake grinste und klopfte auf die Decke neben sich.

»Ich beiße nicht.«

Wann hatte er sich das Shirt ausgezogen? Muss mir völlig entgangen sein, aber jetzt ... war es schon fast hypnotisierend, seine ganzen Muskeln, die Bräune und die wenigen Haare um den Bauchnabel zu sehen.

»Meine Augen sind übrigens hier, Honey. Wenn du mich so musterst, fühle ich mich leicht benutzt und so dreckig.« Das letzte Wort sprach er übertrieben verletzt aus und wieder lachte ich.

Mir war heiß, als ich langsam wach wurde. Als wäre die Heizung aufgedreht. Nur hatte ich sie nicht angestellt.

Ich versteifte mich sofort, als ich *ihn* bemerkte. Seine Hände waren fest um meinen Bauch geschlungen, sein Kopf ruhte an meinem Hals. Wir waren wohl eingeschlafen. Ich erinnerte mich noch daran, dass er mich an seine Brust gezogen und wir uns über irgendwas Unwichtiges unterhalten hatten.

Langsam versuchte ich mich irgendwie aus seinem Griff zu winden, aber das war schwieriger als erwartet.

»Mmh«, brummte er an mein Ohr. »Wie spät ist es?«

»Keine Ahnung, ich starre nur die Wand an«, antwortete ich genervt.

»Oh, auch morgens eine Katze auf Speed. Gut zu wissen.« Das Grinsen konnte ich nicht sehen, aber es war da. Ich war mir dessen absolut sicher.

»Und dein Mundgeruch hat sich auch nicht verschlechtert. Wie auch. Es könnte gar nicht mehr schlimmer sein«, konterte ich und unterdrückte mein Lachen.

»Erzähl keinen Scheiß!« Mit einem Ruck drehte er mich zu sich und ich kicherte darüber, dass ich ihn so schnell ärgern konnte.

»Ich hab also Mundgeruch?«

Ich nickte, als er sich zu mir herunterbeugte und wir beide lächelten, weil es einfach ein toller Morgen war.

»Fürchterlichen, übel riechenden ...« Weiter kam ich nicht, da drückte er seine Lippen wieder auf meine. Hatte ich wirklich gesagt, er hatte Mundgeruch? Gott, selbst am frühen Morgen könnte ich mich in seinem Mund verlieren.

Seine Hände wanderten, meine Hände wanderten. Wobei ich noch meine ganzen Klamotten trug, Blake nicht.

»Guten Morgen, ähm ...«

Gin stand vor uns und wir starrten sie an, als wäre meine Mitbewohnerin eine Erscheinung, mit der wir nicht gerechnet hatten. Also Blake sicher nicht, aber ich hätte zumindest daran denken sollen, dass Gin immer am Morgen vorbeikam.

»Hey, Gin«, murmelte ich und drückte mich von Blake weg.

»Gin? Du heißt wirklich Gin?« Blake schien überrascht und ich war erleichtert, dass zumindest meine Mitbewohnerin nicht auch in seinem Radius gefischt wurde.

»Ist daran irgendwas witzig?« Sie starrte ihn missmutig an, er hob rasch die Hände hoch.

Gin trug seit einigen Tagen ihre Haare feuerrot. Davor waren sie, glaube ich, giftgrün, und neonorange war auch schon dabei. Sie war klein, zierlich und keiner würde vermuten, dass sie Karate ausübte.

Mehrmals die Woche. Deswegen war ich froh, dass Blake sie nicht weiter ärgerte. Wobei es schon lustig gewesen wäre, wenn sie ihm die Leviten gelesen hätte.

»Nein, nein, nur selten.« Blake grinste sie an und natürlich beeindruckte sie das keinesfalls. Er stand oben ohne vor ihr, und sie starrte ihn so finster an, dass selbst mich das beeindruckte.

»Du treibst es also mit Blake Michaels?«, ignorierte sie seine Antwort und blickte mich an.

»Nein, nein, wir haben nicht ...«, wollte ich ihr sagen, doch Gin schüttelte den Kopf.

»Vergiss es. Das geht mich nichts an.« Sie legte ihre Tasche auf dem Bett ab und holte ein paar Klamotten aus ihrem Schrank.

»Gehen wir frühstücken?« Blake tat so, als wäre Gin gar nicht hier.

»Ich ...«

»Sie sollte erst mal duschen. Du siehst aus ...« Gin musterte mich mit gerunzelter Stirn. »Warst du übers Wochenende bei dem da oder zu Hause? Wenn er für dein Aussehen der Grund ist, tausch den Kerl besser aus.«

Ich hatte ihr nicht wirklich viel über mich erzählt, aber als sie mein Zuhause erwähnte, schnappte ich erschrocken nach Luft. Blake bemerkte es und blickte mich besorgt an.

»Willst du erst duschen? Ich fahr eben auch nach Hause, zieh mir was Frisches an und ...« Er zuckte übertrieben mit seinen Bauchmuskeln, und ich kicherte. »Ich hol dich in einer halben Stunde ab. Okay? Deine Seminare fangen heute später an, richtig?« Der sanfte Ton in seiner Stimme entging mir nicht, aber es tat gut ... so gut. Und es war interessant zu bemerken, dass er anscheinend wusste, wie mein Stundenplan war. Also nickte ich, als er mir einen schnellen Kuss auf die Wange gab, seine Schuhe anzog, das Shirt über den Kopf streifte und sich dann verabschiedete.

»Also Ladys, Gin und Amber ...« Er zwinkerte uns zu. Gin schnaubte und ich grinste. »Bis gleich.«

»Dein Grinsen ist wirklich widerwärtig.« Gin war schon immer sarkastisch. Vor allem musste ich erst einmal lernen, dass sie es nicht böse meinte. Sie war einfach so.

Ich zuckte mit der Schulter und holte mir frische Klamotten aus dem Schrank.

»Aber er bringt dich zum Lachen.« Gin legte sich auf ihr Bett und musterte mich kritisch. »Du siehst scheiße aus, und er ist dennoch hiergeblieben. Und ihr hattet keinen Sex ...« Was versuchte sie hier gerade zu analysieren? War ich nicht normalerweise die Mathematikerin von uns beiden?

»Was willst du mir sagen, Gin? Spuck es aus, bevor es dich zerfrisst und ich das Zimmer endlich für mich habe.«

Sie grinste. Ich grinste.

»Blake Michaels ist über Nacht geblieben und hatte keinen Sex«, sprach sie vor sich hin, als würde sie einen Code lesen wollen. »Man, du kannst dich geehrt fühlen.«

Konnte ich das wirklich? Richtig war, dass er hiergeblieben war. Die ganze Nacht - und mich nur in seinen Armen gehalten hatte. Oh Gott, er war da für mich gewesen, ohne den oberflächlichen Idioten zu geben. Ich lächelte über die Wahrheit, die sich aufgetan hatte.

»Boah, hör auf so zu grinsen. Mir wird noch ganz schlecht«, kam es wieder von Gin, und ich musste automatisch noch breiter grinsen.

BLAKE

»Du summst«, sagte Winter, während meine beiden Mitbewohner mich vom Frühstückstisch aus beobachteten. Ich zog mir mein neues Shirt gerade über, als ich seine Feststellung mit einem Schulterzucken beantwortete.

»Du summst wirklich. Was ist das?«, fragte Nick mich und schüttelte den Kopf. Als ich keine Antwort gab, blickte er Winter fragend an.

»Keine Ahnung, Alter. Ich kuriere noch den Kater von Freitag aus! Komm mir nicht mit so komplizierten Fragen«, sagte Winter.

»Man kann dir auch nüchtern keine komplizierte Frage stellen«, antwortete ich.

»Dir ist schon klar, dass wir Montag haben«, erklärte Nick Winter, der ihn verständnislos anstarrte.

»Montag? Verarsch mich nicht.«

Wollte ich wissen, was er am Wochenende und nach dem Spiel alles getrieben hatte? Ne, auf keinen Fall.

»Wo warst du eigentlich?« Winter blickte mich jetzt aus seinen müden Augen an.

»Ich?«

»Ja, du! Du grinst, du summst irgendeinen Scheiß vor dich hin ... welche Braut hattest du die Nacht über?«

»Sie ist keine ...« Ich war zwei Schritte auf ihn zu-
gegangen, als ich bemerkte, wie verrückt meine Reaktion gewesen war.

Nick grinste. »Ah, diese Braut also ...«

»Hey, von wem sprichst du? Kenne ich sie? Bitte
sag jetzt nicht, dass Kelly wieder hier ist.«

»Trottel«, kommentierte Nick, stand auf und haute
Winter auf den Kopf, während er seine Schüssel in die
volle Spüle stellte.

Kopfschüttelnd schnürte ich mir meine Schuhe
zu. Ich fühlte mich fantastisch. Und das, obwohl
wir nicht miteinander geschlafen hatten. Bei Gott,
ich konnte an nichts anderes denken, als sie zu vögeln. Die grandiose Idee, einfach für sie da zu sein,
war eine harte Bewährungsprobe gewesen. Wortwörtlich. Aber dennoch war es auch schön, sie in
meinen Armen zu halten, sie zu beruhigen, ihr ein
gutes Gefühl zu vermitteln. Wobei mir immer mehr
der Verdacht kam, dass es etwas mit ihrer Familie
zu tun hatte.

»Er träumt«, hörte ich Winter sagen. »Und er träumt
sonst nie.«

»Ihr geht mir echt auf den Sack«, antwortete ich,
griff mir meine Jacke, meinen Rucksack und lief Richtung Tür. In die Richtung und zu dem Date, auf das
ich mich schon freute wie verrückt.

Ich entschied mich gegen das Auto und lief zum Campus. Frische Luft würde mir guttun, vor allem damit
ich mich weiter beruhigen konnte. Nie musste ich
mich beherrschen, nie *wollte* ich mich beherrschen.
Und dennoch ...

Ich bereute es nicht. Es war toll, die Nacht bei ihr zu verbringen und das Gefühl zu haben, dass ich es besser für sie machte. Egal was sie auch beschäftigte, was sie verletzte ... ich wollte ihr helfen.

Die Mädels aus dem Wohnheim starrten mir nach, tuschelten und lächelten, weil sie meinten, sie würden so meine Aufmerksamkeit auf sich ziehen. Im Grunde sorgten sie für die gegenteilige Reaktion. Es nervte mich.

Ich kam im Flur zu Ambers Zimmer an, als mich eine Blondine stoppte, die sich mir in den Weg stellte.

»Hey, Blake. Das war ein tolles Spiel am Wochenende.« Sie drehte sich eine wirklich sehr schlecht gefärbte Haarsträhne um den Zeigefinger und setzte ihr vermutlich 1000-Watt-Lächeln auf.

»Ja danke, ich muss dann auch ...«

Sie griff nach meinem Oberarm und drückte bewundernd zu.

»Wooow. Die sind aber ...«

»Steph, kann ich dir helfen?« Amber stand vor uns und lächelte sie an. Aufgesetzt. Wobei ich ihr angepisstes Gesicht wohl schon öfter zu sehen bekommen hatte als jeder andere auf dem Campus.

»Amber?« Die Blonde starrte verwirrt zu mir und dann wieder zu ihr rüber. »Ich verstehe nicht ...«

»Als ob du das jemals hast. Ich bin fertig, Blake. Können wir?«

Jetzt war ich etwas perplex. Aber ich nickte, als sie mich abwartend anschaute.

»Na klar«, antwortete ich ihr und griff nach ihrer Hand. Normalerweise hätte ich vielleicht einen Spruch kassiert, im schlimmsten Fall einen Tritt in meine Eier. Aber nichts passierte. Amber hielt meine Hand fest und wir liefen los.

Als wir um die nächste Ecke waren, wollte sie meine Hand plötzlich loslassen, und ich - so wie ich nun mal war - ließ das nicht zu. Nach viel zu kurzer Zeit gab sie schnaubend nach.

»Du fühlst dich jetzt sicher ganz toll, oder? Die starren schon alle«, flüsterte sie mir zu, während wir aus dem Wohnheim liefen.

»Sollen sie doch. Die Blonde sollte doch auch denken, dass wir beide ...«

»Sie heißt Stephanie, Blake. Merkst du dir eigentlich irgendeinen Namen?« Diesmal zog sie schnell ihre Hand aus meiner.

»Natürlich merk ich mir Namen. Nur unwichtige merke ich mir halt nicht. Wieso auch? Die Blonde hat ...«

»Steph«, korrigierte sie mich.

Genervt von ihrer Sturheit blieb ich mitten auf dem Bürgersteig stehen, griff ihren Oberarm und zog sie zu mir.

»Sag mir mal, wieso ich ihren Namen wissen sollte? Sie ist unbedeutend. Und so will sie behandelt werden von mir.«

»Lass mich los«, zickte sie herum. Ihre Haare waren frisch gewaschen, das roch ich sofort, als meine Nase ihre Haare streiften. Sie trug die Haare wieder zusammengebunden, hatte etwas Make-up aufgelegt und dazu diese »wunderschöne« Brille, die mir nie erspart blieb. Außerdem eine echt enge Jeans und ein Shirt mit der Aufschrift Fu** you.

Ich schmunzelte.

»Deinen Namen werde ich nicht vergessen, wenn das dein Problem ist.«

Sie schnaubte und riss sich von mir los. Weg war er, der tolle Duft.

»Natürlich wirst du ihn nicht vergessen. Ich bin dein täglicher Albtraum gewesen.«

Gewesen ... Sie sprach von der Vergangenheit und brachte mich deswegen schon wieder zum Lächeln. Also sah sie ein, dass wir alles andere als schlecht füreinander waren.

»Wie kommst du darauf, dass das ein Problem für mich sein könnte, dass du mit anderen Weibern irgendetwas machst!« Wir setzten uns in das Café, in dem sie gern mittags ihren Kaffee holte.

Sie bestellte sich einen Kaffee und ein Croissant, ich ein bisschen mehr, dann brachte ich alles zu unserem Tisch.

»Wer soll das alles essen?«, fragte sie und biss genüsslich in ihr Croissant.

»Honey, ich bin Quarterback.«

Sie äffte meinen Satz übertrieben nach, und fragte dann: »Willst du, dass ich auf dein Sandwich, deine zwei Croissants oder auf deinen Bagel kotze?«

»Richtig charmant. Bist du bei Dates immer so?«

Sie verschluckte sich und hustete mehrmals, bis sie einen Schluck von ihrem Kaffee nahm.

»Das ... das ist kein ...«

Ich nahm mir einen Schluck von meinem extrasüßen Kakao.

»Kein Date?«, fragte ich sie grinsend und lehnte mich zurück in den Stuhl. Es war schon einiges los im

Café. Und die ersten Blicke folgten uns auch schon. Was mir allerdings wie immer scheißegal war. Wichtig war sie.

Amber hatte sich schick gemacht. Klar, sie sah jetzt nicht aus wie eine der Bitches, die mir unbedingt zeigen wollten, wie gut sie mit vier Pfund Schminke aussahen. Sie war ... nicht wie die anderen. Nicht wie diese Puppen, die etwas anderes sagten, als sie dachten. Nur, um mich zu beeindrucken. Amber war echt. Ungezwungen. Launisch, ja. Aber das machte es ja gerade interessant. Man wusste nie, wie weit man gehen konnte, und wie weit sie es gehen lassen wollte.

»Erzähl mir was von dir.«

Wieder verschluckte sie sich, diesmal litt der Tisch, weil der Kaffee sich darüber verteilte.

»Erzählen?«

»Was hast du denn erwartet? Dass wir uns anschweigen, essen und danach Sex haben?«

Die Tasse fiel etwas zu laut auf die Tischplatte, Kaffee schwappte wieder über den Becherrand, aber das wunderte mich nicht.

»Was willst du wissen?«

Sie lächelte nicht, sie blickte mich nur warnend an. Vor irgendwas hatte sie Angst.

»Woher kommst du?«

Amber entspannte sichtlich, als ich die Frage stellte. »Oakland.«

»Wow. Dann hast du es wirklich nicht weit nach Hause.«

»Nicht wirklich«, antwortete sie und starrte ihre Tasse an.

»Okay, Amber«, seufzte ich. »Ich kann dich gleich direkt fragen oder du sagst mir, was das mit deiner Familie auf sich hat. So oder so, es gefällt dir nicht, zu antworten, mir gefällt es nicht, dass dich irgendwas so sehr beschäftigt. Eine Pattsituation würde ich sagen.«

»Du nervst«, brummte sie.

»Ich weiß.«

Sie blickte auf und schaute mir eine lange Zeit einfach nur ins Gesicht.

»Was ist mit dir?«, fragte sie mich jetzt. Sie lenkte ab, fürs Erste akzeptierte ich es. Weglaufen würde sie eh nicht mehr können.

»Dallas, Texas. Mein Dad ist ein verwöhnter Anwalt, meine Mom schippert 365 Tage im Jahr in Malibu herum und gibt sein Geld aus«, ratterte ich meine kleine Familiengeschichte herunter.

»Sie sind geschieden?«

Ich zuckte mit der Schulter. »Geschieden, getrennt, ich blicke da selbst nicht mehr durch.«

»Und das macht dir nichts aus?«

»Ich verbringe meine Ferien meist im Ausland. Zu Hause war ich schon lang nicht mehr.«

»Das war kein Ja«, stellte sie fest, und ich lächelte. Amber verstand es sehr gut, zwischen den Zeilen zu lesen.

»Und deine Eltern?«

Ein wehmütiger Ausdruck war ihr anzusehen.

»Meine Eltern waren über 16 Jahre verheiratet. Mom wurde schwanger, als beide auf dem College waren und ...« Amber schien ganz weit weg zu sein, als sie lächelnd weitersprach. »Dad und sie waren gerade kurz zusammen, aber als er erfuhr, dass ich unterwegs bin, da ... fuhren sie nach Vegas, heirateten und wurden mit dem Wenigen, das sie besaßen, die glücklichsten Menschen, die ich jemals kennenlernen durfte.« Obwohl mir diese Freude, dieser Glanz in ihren Augen gefiel, fiel mir auch auf, dass sie in der Vergangenheitsform gesprochen hatte. »Dad starb vor ein paar Jahren.«

»Shit, das ...« Mir fehlten die Worte, während Amber einfach nur stumm vor sich hin grübelte. »Sie haben sich also auf dem College kennengelernt. Aber nicht hier, oder?«

Bingo.

Ihr erschrockener Blick gab mir Antwort genug.

»Vergiss es, Blake. Egal was du denkst ...«

»Honey, du bist die mit dem Kopfkino. Ich bin nur der hungrige Quarterback, der die Gesellschaft einer schönen Frau genießt.« Ich verschränkte die Arme vor der Brust und lächelte unschuldig.

»Pass auf, dass du gleich nicht ausrutschst beim Aufstehen. Die Schleimspur könnte dir Probleme machen«, konterte sie und nahm kopfschüttelnd noch einen Schluck vom Kaffee. Nicht mal rot war sie geworden. *Verdammt.* Wie war diese Frau zu knacken? Bei Amber Jenkins wäre vermutlich ein verdammter Zahlencode notwendig, und selbst wenn man den dann geknackt hätte, würde man dann doch einen Keuschheitsgürtel mit dickem Schloss vorfinden. Nur das Problem bei mir war, dass ich mittlerweile bereit war, es mit sämtlichen Geschützen aufzunehmen. Von Tag zu Tag, von Minute zu Minute wollte ich sie mehr.

Amber genoss gerade den letzten Rest des Croissants. Ein Krümel hatte sich auf ihre Unterlippe verirrt. Den leckte sie mit ihrer Zunge weg und ich stellte fest, dass ich einen Ständer in der Hose hatte, weil sie einfach nur aß.

»Geh mit mir zur Mottoparty.«

Natürlich würde ich das jetzt auf den Blutstau in meinem Schwanz schieben. Aber das war ja nur ein Effekt. Eine Reaktion auf vieles, das sie bei mir auslöste.

»Du willst mit mir zur Mottoparty?«, fragte sie vorsichtig. Ich nickte, felsenfest davon überzeugt, dass sie jetzt endlich »Ja« zu mir sagen würde. »Aber das ist erst in über zwei Wochen.«

»O-okay?« Worauf wollte sie hinaus? Unverständnis. Zweifel. Das alles war in ihrem Gesicht zu lesen und verwirrten mich noch mehr. »Amber?«

»Ich versteh's nicht.«

»Was verstehst du nicht?«

»Du hast immer nur einmal etwas mit einem Mädel, und wenn doch mehr läuft, machst du denen schnell klar, dass es nur um ... Sex geht.«

»Jepp«, stimmte ich ihr kurz und knapp zu.

»Was zum Teufel bewegt dich also dazu, ausgerechnet bei mir eine Ausnahme zu machen? Du übernachtest bei mir, ohne weiter zu gehen, du willst frühstücken und mich kennenlernen statt rumzuknutschen und ... Herrgott, jetzt willst du erst in zwei Wochen zur Mottoparty mit mir gehen!«

Fast schon verzweifelnd blickte sie mich an ... der Groschen fiel so langsam.

»Moment. Bist du gerade sauer, weil ich dich nicht sofort wie all die anderen gevögelt und weggeworfen habe?«

Fassungslos. Ja, das war ich und irgendwie auch angepisst. Scheiße, ich war sauer, dass Amber wütend war. Sie war verdammt noch mal wütend, weil ich nicht wie sonst alles und jedem die Arschkarte zeigte? Weil ich sie nicht so behandelte?

»Es ist irritierend ...« Sie seufzte und senkte den Blick. Diesmal war ihr die Röte sprichwörtlich ins Gesicht geschrieben. Wenige Momente später schüttelte sie den Kopf. »Keine Ahnung, was ich ... du irritierst mich!«

Amber war tatsächlich außer sich. Gerötete Wangen, glänzende Augen, ihr Herz, das ich pulsierend an ihrem Hals sehen konnte ... Amber war heiß auf mich. So heiß, dass sie wütend war, dass ich heute Nacht nicht weiter gegangen war. Meine Jungs würden sich vermutlich die Eier halbtot lachen, hätten sie das mitanhören müssen.

»Ich bin, weiß Gott, kein Kostverächter, Amber. Aber sollte man den Wein nicht langsam genießen? Verdammt, die Scheiße aus dem Tetrapak hab ich so satt. Ich meine, den guten, den echten Wein ... den sollte man im besten Augenblick genießen.« Verglich ich Amber gerade mit gutem Wein?

»Ehrlich, ein lockeres Frühstück gefällt mir genauso gut, wie wenn ich abends bei dir liege und dir Trost spenden kann. Okay, vielleicht mag ich es etwas lieber, halbnackt in deinem Bett zu liegen. Aber die Bagels hier sind echt gut.« Sie kicherte und entspannte sich sichtbar. »Ich ging die Sache in der Abstellkammer völlig falsch mit dir an, Amber. Den Fehler, irgendwas zu früh mit dir zu beginnen, mach ich nie wieder.«

»Oh, mein Gott«, sagte sie ehrfürchtig und blickte mich an.

»Was?«

»Du kannst ja richtig süß sein.«

»Honey, ich kann auch noch was ganz anderes sein ...«

»Oh.« Sie warf eine Serviette nach mir, die nicht mal den halben Tisch überflog. »Du musst es auch immer wieder vermasseln.«

Ich grinste. Sie grinste.

»Gehst du jetzt mit mir zur Mottoparty?«

Amber zuckte mit der Schulter. »Mal schauen ...«

»Mal schauen« ist noch ausbaufähig. Aber schon ein guter Anfang ...

AMBER

Was hatte ich getan? Ich war ja so schon nervös genug, weil Blake dieses Frühstück unbedingt wollte. Okay, ich wollte es ja auch, aber in was entwickelte sich denn bitte dieses »Date«?

Ich hatte ihm tatsächlich Vorwürfe gemacht, dass er mich nicht einfach vögelte. Wie peinlich war das denn bitte? Da hätte ich mich doch gleich nackt auf dem Boden werfen können und ihn endlich ranlassen sollen. Ja, ich wollte ihn. Jede Minute mehr, in der ich mit ihm zusammen war. Und das irritierte und faszinierte mich zugleich.

Vielleicht war ich deswegen nach dem Essen abgehauen. Blake wusste, dass ich log, als ich erklärte, ich würde noch etwas Wichtiges erledigen müssen. Aber er nickte einfach nur, starrte mich dann mit diesen ausdrucksvollen und gleichzeitig breiten wissenden Grinsen an und ließ mich gehen.

Stunden später saß ich in der Mensa allein am Tisch und versuchte den Lernstoff in meinen Schädel zu bekommen.

»Na, wie gehts denn so?« Corey setzte sich neben mich, Nick folgte seinem Beispiel und setzte sich mir gegenüber.

»Ich lerne«, war meine Antwort auf ihren Besuch, und ich hoffte, sie so schnell wieder loszuwerden. Okay, Nick mochte ich. Winter war ein Idiot, der nicht wusste, wie es sein konnte, mal keiner zu sein.

»Wann lernt Blakes Braut mal nicht«, lachte Corey und klopfte mir auf die Schulter.

»Wie hast du mich genannt?«

»Ihr vögelt doch, oder nicht? Und neuerdings summt er auch wie ein Mädchen.«

Nick schüttelte wegen Coreys Kommentar seufzend den Kopf. Ich war einfach nur baff.

»Ihr vögelt doch, oder? Ey, ich hab zwanzig Mäuse darauf gewettet«, sprach Corey weiter und schmiss seinen Rucksack so kraftvoll auf den Tisch, dass dieser wackelte.

»Gewettet?«, fragte ich nach.

»Wundert dich doch nicht wirklich, oder?«, stellte jetzt Nick mir die Frage.

Sollte mich das wundern? Ich wusste, dass alle wetteten, wer wen schneller fertig machte. Das war zwischen mir und Blake kein Geheimnis. Meistens wetteten sie gegen ihn. Nur so am Rande erwähnt ...

»Mich wundert gar nichts mehr. Selbst wenn Kerle nicht kapieren, dass sie nicht willkommen sind, setzten sie sich dennoch an meinen Tisch und nerven mich,« erklärte ich Corey und starrte ihn so lange an, dass auch er bemerkte, wen ich damit meinte.

Winter lachte, schlug freudig mit der flachen Hand auf den Tisch und sagte tatsächlich: »Ich mag die Kleine.«

»Super. Genau das wollte ich bezwecken.«

Jetzt lachte auch Nick und ich konnte nicht ignorieren, dass ich selbst leicht schmunzeln musste.

Beide sahen wirklich gut aus in ihren Klamotten. Sie trugen, wie auch Blake, meist Jeans und T-Shirt. Mittlerweile wurde es aber immer kühler, somit trugen die Jungs auch wieder die Teamjacken. Nick hatte sie angezogen, Winter heute mal nicht.

Attraktiv waren sie alle. Das wussten sie. Das wussten die Frauen. Jeder von ihnen besaß irgendetwas, das der andere nicht hatte. Nick war klug, lernte gerne und viel. Er war der ruhigste und hörte eher zu, als dass er eine Frau mit Sprüchen beeindruckte. Es wunderte mich also nicht, dass Jill seine Auserwählte geworden war.

Corey war der Verrückteste und Naivste von allen. Er redete den ganzen Tag über und schaffte es so, dass die Frauen ihren Kopf und ihre Höschen vergaßen. Allein die Storys über die sämtlichen Toilettennummern riefen noch heute meine alten Lippenherpesviren hervor. Aber Corey war stolz darauf.

Über Jason wusste ich kaum etwas. Er hatte sicherlich seine Affären, aber mehr war nicht bekannt. Okay, schlussendlich war er ein Egomane, der gerne über sich sprach und vergaß, dass die Welt sich nicht nur um ihn drehte.

Und Blake ... Blake war so anders, als ich dachte. Er war ein Zuhörer, auch wenn ich vorher dachte, er würde nur Pornos wirklich zuhören und zusehen.

Er war humorvoll und nett. Blake konnte nett sein, wenn ihm etwas wichtig war. Und so merkwürdig, wie das klang, ich war ihm wichtig. Er legte sich mit mir in mein Bett, hielt mich und lenkte mich ab. Das tat er immer wieder, wie ich bemerkte. Sei es mit einem blöden Spruch oder mit etwas anderem. Blake brachte mich dazu, die Dinge zu vergessen, die ich nie vergessen konnte.

»Schau dir diesen verliebten Blick an. Zehn Mäuse darauf, dass ich weiß, über wen sie so verliebt nachdenkt.« Corey machte einen übertriebenen Knutschmund, ich boxte ihn genervt, aber lachend, auf den Oberarm.

»Autsch! Du schlägst wie ein Mädchen.«

»Ich bin eines, du Idiot!«

Eine Bewegung links ließ mich umdrehen. Blake hatte sich neben mich gesetzt und lächelte freundlich.

»Was hab ich verpasst?«

»Deine Braut schlägt wie ein Mädchen«, wiederholte Corey seine Aussage.

»Schlag ihm in die Eier und er wird das nicht mehr sagen«, erklärte Blake und holte sein Mathebuch heraus. Er schlug es auf, zwinkerte mir zu und begann zu lesen.

AMBER

Die nächsten zwei Wochen vergingen wie im Flug. Zwischen Lernen und Dates mit Jill verbrachte ich auch viel Zeit mit Blake. Wir verabredeten uns zum Lernen, zum Kaffee oder sogar zum Mexikaner. Und diesmal war nicht ich es, die mit Javier Spanisch sprach; zu meiner Überraschung war es Blake gewesen, der fließend spanisch sprach und einen Heidenspaß daran hatte, über die mexikanische Football-Liga mit Javier zu reden. Verdammt, ich wusste nicht mal, dass in Mexiko Football gespielt wurde.

Es war eine tolle Zeit, auch wenn zu Hause vieles im Argen lag. Die Hoffnung, dass es auch wieder bessere Zeiten geben würde, starb bekanntlich zuletzt. Einerseits zählte ich noch die Monate, die mich hier in Berkeley hielten, andererseits genoss ich die Zeit hier auch.

Blake und ich diskutierten genauso oft, wie wir wild herumknutschten. Wir hielten Händchen, wenn wir über den Campus liefen, und stritten, wenn wieder mal ein Mädchen meinte, ihn angraben zu müssen. Er fand es urkomisch, wenn ich dem Mädel die Meinung geigte. Ich fand es weniger lustig.

Mein Verstand sagte mir, dass Blake niemanden so intensiv anstarrte wie mich, wenn er dachte, ich würde es nicht sehen. Ich musste ja nicht erst erklären, wie er mich ansah, wenn ich seinen Blick erwiderte. Jedes Mal wurde mir heiß und kalt zugleich. Ich wollte ihn am liebsten in die nächste Ecke ziehen und es endlich geschehen lassen, was wir seit Wochen nun mal nicht taten.

Und doch war mein stures Ich nicht bereit dem nachzugehen. Es war schon peinlich genug, dass er wusste, wie es in mir aussah. Für Blake war ich wie ein offenes Buch. Er bemerkte jede Stimmungsänderung und das faszinierte mich total an ihm. Noch niemand schaffte das. Niemand interessierte es oder gab sich die Mühe mich lesen zu wollen. Aber Blake tat das mit einer unerschrockenen Aufrichtigkeit. Er war nicht nur beim Football ein Kämpfer. Er war es auch im täglichen Leben.

Und jetzt stand ich hier. In der Sporthalle des Campus und bewunderte die Deko. Die Mottoparty fand dieses Jahr im 50er- und 60er-Stil statt. Jill und ich gingen wie schon zuvor abgemacht zusammen hin. Blake akzeptierte es. Aber auch nur, wenn ich ihm einen Tanz schenkte.

Jill hatte mir, wie auch für sich selbst, ein Vintage-Kleid der 50er-Jahre besorgt. Sie trug ein schwarzes mit weißen Punkten, ich ein knielanges rotes Kleid, ebenfalls mit weißen Punkten. Meine Haare waren leicht wellig, dazu trug ich ein dickes Stirnband. Vorhin musste ich lachen, als ich mich mit Jill im Spiegel betrachtete. Der knallrote Lippenstift und das restliche Make-up machten das Bild perfekt.

Und jetzt, da wir hier waren, fühlte ich mich schon wirklich in die Zeit zurückversetzt. Es gab eine

Live-Band, die gerade irgendeinen alten Rocksong schmetterte.

»Wow. Es sieht toll aus«, sprach ich bewundernd.

»Hab ich dir nicht gesagt, dass es toll wird?« Jill zog mich zu einem Tisch, an dem ein paar Studenten saßen und ausgelassen feierten.

Soweit ich wusste, veranstaltete der Direx des Colleges die Mottoparty nur, damit die Studenten - also wir - Halloween nicht dazu nutzten, den gesamten Campus zu verunstalten.

»Die Musik ist toll und erst die Deko.« Jill war ganz in ihrem Element und blickte sich neugierig um. »Das wird ein toller Abend.«

»Oh ja, das wird er.« Ich zuckte zusammen, versuchte es aber nicht zu zeigen, als wir uns zu Blake umdrehten, und mein Herz mir wie immer verriet, wie es über ihn dachte. Er schaute nur mich an, was mich noch nervöser machte. Vor allem, als er seinen Blick von oben nach unten schweifen ließ, und ihm gefiel, was er sah. Das hatte ich in den letzten Wochen auch gelernt: Blakes Reaktionen zu deuten. Wenn er wütend war, dann presste er immer die Zähne aufeinander. Wenn er zufrieden war oder glücklich, lächelte er, als würde es kein Morgen geben. Vermutlich schaute ich genauso aus, wenn er in meiner Nähe war.

»Du siehst gut aus, Blake«, lachte Jill, und ich musste mir mein Grinsen verkneifen.

Aber es stimmte. Blake trug einen schwarzen Anzug. Darunter ein weißes Hemd, das zerknitterter nicht aussehen konnte, aber genau Blake widerspiegelte. Er war attraktiv, machte sich aber dafür nicht die große Mühe.

Seine Haare waren wie für die 50er-Jahre typisch zurück gegelt. Eine einzelne Strähne hing ihm vor die Stirn. Blake sah toll aus.

»Und ihr zwei wollt als Pin-up-Girls den Studenten hier den Kopf verdrehen, oder was?« Es war lieb von ihm, auch Jill mit einzubeziehen, obwohl er immer nur mich anschaute.

»Natürlich«, schnaubte Jill, schlug ihm auf die Schulter und hörte sich etwas verunsichert an.

»Gratulation. Der Erste hat schon seinen Verstand verloren«, sagte er.

Ich biss mir auf die Unterlippe, um den Druck irgendwie zu kompensieren. Hier über Blake herzufallen, wäre eine peinliche Sache geworden.

»Ich hol mir mal was zu trinken, dann könnt ihr euch in Ruhe mit den Augen ausziehen.«

Ich kam nicht mal dazu, Jill aufzuhalten. Auch Blake sah so aus, als hätte er noch etwas sagen wollen, aber dann entschied er sich wohl um. Denn bevor ich richtig nachdenken konnte, befand sich meine Hand schon in seiner und er zog mich Richtung Tanzfläche.

»Du hast es heute eilig, was?«, lachte ich und befand mich schon in seinen Armen, weil er mich mit zu viel Kraft an sich zog. Jedes Mal wenn ich ihm so nah kam, roch ich sein Duschgel und es war eine Folter. Natürlich wollte ich nicht sofort mit ihm schlafen, das hatte ich ihm mehrmals verständlich gemacht. Aber so langsam ... wurde es wirklich Zeit. Und dank der Beule, die ich wegen der Nähe zu ihm spürte, war er auch so weit.

»Du glaubst gar nicht, wie eilig«, flüsterte er mir ins Ohr, während wir mitten auf der Tanzfläche standen, eng aneinandergepresst und ... einfach nichts taten, als sich gegenseitig zu spüren.

Seine Hand lag tief auf meinem Rücken, Blakes Kopf lag an meinem Hals und ich erschauderte, weil ich die Zunge spürte, mit der er sehr kurz über meine Haut leckte.

»Blake«, seufzte oder stöhnte ich. Ich konnte mich gerade nicht auf meinen klaren Verstand verlassen. Er dafür um so mehr. Denn die Band begann plötzlich einen langsamen Song zu spielen und er grinste.

»Du hast mir einen Tanz versprochen, Honey.«

Wie wir genau auf die Tanzfläche kamen, konnte ich nicht mal richtig sagen. Wir standen einfach plötzlich hier und tanzten zu einem langsamen Song von Elvis.

Es war ein wunderschönes Gefühl, mit Blake zu tanzen. Er wusste genau, wie er sich bewegen musste. Auch das faszinierte mich.

»Du riechst so gut«, flüsterte Blake mir zu, während seine Lippen meine Schulter berührten. Nur ganz kurz. Aber es reichte aus, dass sich eine Gänsehaut bildete.

»Mmh«, war meine ganz clevere Antwort. Ich wollte auch gar nichts mehr sagen. Ich hatte meine Augen geschlossen und genoss es einfach, mit ihm zu tanzen. Auch Blake musste es so gehen. Er drückte mich noch näher an sich. Seine Hände strichen immer wieder von meinem Gesäß bis hoch zu meinem Nacken.

Mein Körper glühte regelrecht. Jede Berührung von ihm verwirrte mich so, dass ich zweimal darüber nachdenken musste, wie mein verfluchter Name war.

»Ich will ungern etwas beenden, das sich so gut anfühlt, aber Honey ...«

»Mmh?« Wieder bekam ich nicht mehr als dieses Summen heraus.

»Der Song ist längst vorbei und na ja ... wir sind die einzigen, die ...«

Ich hob schnell meinen Kopf und blickte mich um. Die Band spielte mittlerweile einen schnellen Song und dazu tanzten die Leute natürlich dementsprechend.

»Oh.« Sicherlich wurde ich rot. Wie peinlich. Ich hatte nicht mal mitbekommen, dass der Song gewechselt hatte.

»Das können wir doch besser, oder?« Blake ging nicht auf meine Röte ein oder ich bildete mir nur ein zu erröten.

»Ich kann es besser. Du musst mir erst mal zeigen, ob du deine Hüften bewegen kannst«, lächelte ich und konnte nicht schnell genug reagieren, als er mein Handgelenk ergriff und mich mit einem Ruck zu sich zog. Seine Lippen trafen fast auf meine, als er schmunzelte.

»Legen wir los!«

BLAKE

Heute Nacht konnte Amber mir mit sämtlichen Gründen kommen, es wäre mir egal. Sie war fällig. Verdammt, ich war fällig. Seit Wochen knutschten wir rum, hängten zusammen ab, lernten uns kennen und ... das würde ich, wenn ich die Zeit zurückdrehen könnte, niemals anders machen. Dazu gefiel mir Amber Jenkins einfach zu sehr. Dazu ... mochte ich sie einfach zu sehr ... aber ich wollte sie auch endlich unter mir spüren!

»Hast du Durst?«, fragte ich sie, weil ich Ablenkung brauchte.

»Was zu trinken wäre toll.« Ihre Wangen glühten leicht, ihr Grinsen steckte an. Amber war aus der Puste, kein Wunder, weil aus einem Tanz gleich zehn oder so wurden. Aber warum sollte man aufhören, wenn es am schönsten war?

Ich war kein Idiot.

Händchen haltend liefen wir zum Tisch mit den Getränken. Es war schon völlig normal geworden, sie ständig zu berühren und mit ihr Hand in Hand über den Campus zu laufen. Wenn wir getrennte Seminare hatten, oder einer von uns beiden keine Zeit hatte, fehlte mir etwas. Ich wurde unruhig und suchte den Kontakt über das Handy. Es war unbestreitbar: Amber hatte mein Hirn und mein Herz gefickt. Aber ordentlich.

»Da seid ihr ja. Nick wollte schon eine Wette reißen, wann ihr endlich aufhört, einen auf Elvis zu machen«, lachte Winter und lallte schon ein bisschen. Was zum Teufel hatte der sich in einer Stunde schon wieder eingeflößt?

»Das nennt man Tanzen, Corey«, korrigierte Amber ihn. »Deswegen kommt man her, weißt du. Zum Tanzen.«

Verdammt. Winter kam diesmal ganz sicher nicht deswegen her. Ich wusste, dass er Kelly gefragt hatte, zwecks Begleitung, und wenn die hier war, dann ...

»Tanzen? Ich will flachlegen, Süße. Was ist jetzt? Kommt ihr mit? Wir wollen in kleiner Runde ein bisschen *Fun haben.*«

Und da wären wir schon bei einem Problem. Fun haben konnte vieles bei Winter heißen. Meistens wurde jemand gedisst, einer verprügelt oder ...

»Glotz nicht so finster, Alter. Wir wollen nur in kleiner Runde was trinken. Also, kommt ihr?«

Skeptisch starrte ich meinen Teamkollegen an.

»Warum nicht«, antwortete Amber plötzlich für uns, und Winter schien zufrieden. Dazu grinste er einfach übertrieben auffällig.

Wenige Schritte später bereute ich es schon. Diese »kleine« Runde, wie Winter meinte, bestand aus Jill, Nick, Jason, Kelly und Winter. Und jetzt hatten auch wir uns hier drauf eingelassen. Wir saßen abseits an einem kreisrunden Tisch und jeder hielt einen Becher in der Hand, der sicherlich mehr als nur Punsch beinhaltete.

So wie Winter schon drauf war, mussten das einige Drinks gewesen sein.

»Blake.« Kelly lächelte, aber wie immer erreichte es nicht ihre Augen. Und dass sie Amber nicht mal begrüßte, sagte alles aus.

»Du siehst aus wie ein junger James Dean!«

Ich verkniff mir das Lachen, und auch Amber schien leicht in der Versuchung zu sein, loszukichern.

»Wie sieht denn ein alter James Dean aus?«, fragte ich sie und Kelly schien tatsächlich darüber nachzudenken. *Großer Gott, wie kam sie nur aufs College?*

»Wir spielen »Ich habe nie«, verkündete Kelly plötzlich, und Winter jubelte, als hätten wir die NFL gewonnen.

Ich seufzte, weil das schon fast zu vorhersehbar war. »Ich habe nie ...?«, fragte Amber mich und setzte sich. Ich nahm direkt den Stuhl neben ihr.

»Das ist keine gute Idee«, mutmaßte Nick mit verschränkten Armen vor seiner Brust. Jill schaute genauso verwirrt aus, und hatte absolut keine Ahnung, was sie erwartete.

»Angst?« Kelly wollte Nick – und uns alle - vermutlich herausfordern. Und hatte leider auch Erfolg dabei. Nick schnaubte, und das war Antwort genug. Kelly verteilte noch die restlichen Becher an mich und Amber, dann ging es los.

»Einer stellt eine Lüge auf ... also zumindest sagt man es so. Und jeder, der das wirklich getan hat, gibt mit einem Schluck zu, es tatsächlich getan zu haben.«

»Das ist ein interessantes Spiel«, murmelte Amber.

»Interessant trifft es nicht ganz,« antwortete ich genervt.

Unsere Blicke trafen sich. *Man, ist sie hübsch ...*

»Ich fang an«, verkündete Kelly. *Natürlich.*

»Aaalso ...« Sie biss sich nachdenklich auf die Lippe. Wobei sie wohl nie wirklich oft ihr Hirn benutzte. »Ich habe noch nie ...« Ihr Blick suchte meinen. *Fuck.* »An einem ungewöhnlichen Ort gevögelt.« Kelly grinste so dreckig, als sie einen Schluck trank, dass mir keine andere Möglichkeit blieb. Seufzend trank ich auch. So einige Becher wurden gehoben und auch ... Amber. *Nein. Nein. Nein.*

»Wodka?«, fragte Amber und verzog das Gesicht.

»Zu viel für dich?«, fragte Kelly und zog eine Augenbraue in die Höhe.

»Baby ...«, hörte ich Nick seufzen, aber Jill starrte einfach nur geradeaus. Ihr Becher war eindeutig unberührt geblieben. Scheiße, wenn sie gleich heulen würde, wäre Nick am Arsch.

»Du bist dran, Blake«, lächelte Kelly, und wieder seufzte ich. Vor fünf Minuten konnte ich einfach nicht aufhören zu grinsen, weil es mit Amber so einen Spaß gemacht hatte, und jetzt? »Und wehe, du sagst nichts Interessantes.«

Ich konnte mir schon denken, was sie als »interessant« empfand. Aber auf den Scheiß würde ich niemals eingehen.

»Ich habe ...«, begann ich und hob den Arm, »... noch nie das Auto des Direx mit meinen beiden Idioten Nick und Winter angezündet.«

»Alter«, meckerte Nick, während ich einen Schluck nahm und auf der sicheren Seite war, als auch er und Winter - der übrigens lauthals lachte - einen großen Schluck tranken.

Amber schüttelte den Kopf neben mir, nichts anderes hatte ich von meinem Mathe-Genie erwartet. Kelly schien überaus unglücklich zu sein, weil ich keinen anderen Dreck ausgegraben hatte.

»Du bist dran«, sprach sie jetzt Amber an. »Oder hast du nichts Schönes für uns?«

Ich wollte schon etwas zu Kellys Sprüchen sagen, aber eine Bewegung neben mir stoppte es. Amber hob die Hand.

»Ich habe noch nie ...« *Bitte sag nichts mit Sex ... bitte sage mir nicht durch die Blume, dass du überhaupt von irgendwem berührt wurdest. Wobei das bei Kellys Frage und Ambers Antwort schon wieder relativ egal ist ...*

Amber hatte Sex. Vermutlich viel Sex. Wer würde sie nicht so oft wie es ging vögeln wollen? *Okay, wir driften ab. Wirklich sehr tief ab ...*

» ... für eine gute Abschlussnote mit einem der Professoren geschlafen!«

Es wurde still, verdammt still ... bis Kelly zähneknirschend tatsächlich den Becher hob und einen Schluck nahm. Nur Winter lachte, während ich Amber aufmerksam musterte. Aber diese stellte den Becher einfach ab und ... lächelte zufrieden. Jill kicherte unter vorgehaltener Hand.

»Zufrieden?«, zischte Kelly.

»Du wolltest spielen, Kelly«, antwortete Amber.

»Du bist dran, Nick.« Kelly lehnte sich genervt an den Stuhlrücken. Amber hatte ihr tatsächlich die Lust am Spielen genommen. Ich war beeindruckt.

»Baby ...« Nick schien immer noch mit Jill reden zu wollen, aber die starrte lieber ihre Fingernägel an. Das war hart.

Seufzend schüttelte er den Kopf. »Kein Bock zu spielen.«

Winter schnaubte abfällig.

»Du musst«, kam von Kelly.

Der Blick, den er Kelly zuwarf, sagte alles aus. Er musste gar nichts.

Dennoch hob er den Arm.

»Ich hatte noch nie gefühllosen Sex.« Seine Hand blieb oben, der Becher wurde nicht angerührt. Jetzt bildeten sich bei Jill Tränen und leider Gottes hob außer Kelly keiner den Becher. Alle starrten sie an.

»Was?« Kellys Wangen färbten sich extrem rot.

»Interessantes Spiel«, flüsterte Amber mir zu und sorgte dafür, dass ich mich zu ihr drehte.

»Da hast du recht!«

»Hast du ein Problem?«, fragte Kelly mich direkt.

»Ob ich ein Problem habe?«, wiederholte ich ihre Frage etwas zu laut. Aber das war mir gerade echt scheißegal.

»Ja.«

Ich holte einmal tief Luft und dachte noch einmal darüber nach. Es war ja kaum was. Sie gab zu, dass sie gefühllosen Sex hatte. Okay, das war für eine Studentin nichts Ungewöhnliches. Aber dass sie dabei nie etwas fühlte? Die Kerle mussten alle echte Idioten gewesen sein. *Okay, das ist es. Es sind die Kerle gewesen. Alles gut. Sie hat vor mir nur Schwachköpfe gehabt. Ausraster abgewendet.*

Weil ich mich wieder beruhigte, wandte ich mich wieder den anderen zu. Amber blickte mich noch ein paar Sekunden an, aber ich versuchte, es zu ignorieren.

»Du bist dran, wie auch immer du heißt«, sagte Kelly zu Jill.

»Sie heißt Jill«, fauchte Amber genervt.

»Ja, ja.« Kelly verdrehte dabei die Augen.

Jill lächelte Nick an. Da würde sicherlich nichts Dramatisches kommen. Ich atmete schon erleichtert auf, als sie den Becher hob und sagte: »Ich habe noch nicht Sex mit 10 oder mehr Leuten gehabt.« Jill fand das wohl total witzig, als sie anfing zu kichern. Nick schüttelte grinsend den Kopf, als beide tatsächlich nicht tranken. Wollte Nick uns verarschen?

Ich nahm meinen Schluck und hielt mitten in der Bewegung inne, als auch Amber neben mir trank.

»What the fuck? Du willst mich umbringen, oder? So ist es doch!« Ich dachte nicht nach, ich sprach einfach.

Amber trank in Ruhe ihren verfickten Wodka, während ihre Augenbraue wieder in die Höhe schoss.

»Wenn du etwas sagen willst, dann sprich es aus!«

Ich öffnete den Mund, nur um ihn wieder zu schließen. Was wollte ich ihr noch gleich sagen? Scheiße, diese Infos waren doch krank. Das wollte ich nicht wissen.

Amber und ich blickten uns weiterhin wütend an.

»Ich bin dran!«, rief Winter und stand auf. Er grinste. »Das ist nur für die Ladys. Ihr habt noch nie mit einem Sportler geschlafen.«

Bis auf Jill, die mit einem verdammt roten Kopf auf den Tisch starrte, tranken alle.

»Okay, das reicht!« Ich stand auf, legte meine Handflächen auf den Tisch und atmete erst mal tief ein und aus. Tief ein und wieder aus.

»Blake«, sprach Nick mit ruhiger Stimme. Ich ignorierte ihn und blickte zu Amber, die gerade ihren Becher abstellte.

»Welchen verfickten Sportler hast du angerührt. Nein, warte ... welcher Mistkerl ...«

»Du wirst hier jetzt keine Szene machen«, kam es jetzt von Amber.

»Ich werde keine ...« Wieder holte ich tief Luft, um nicht sofort loszubrüllen. »Ich will einfach nur wissen, wer seine Drecksgriffel an meiner Freundin hatte.«

»Deine ...« Ich ließ sie nicht ausreden, irgendwie befand ich mich gerade in irgendeinem scheiß Tunnel und ich würde da auch nicht so schnell wieder rauskommen.

»Nick«, rief ich und wartete auf seine Antwort, blickte aber nur Amber an, die schnaubte.

»Hey, mein Freund. Fang nicht mit dem Scheiß an.«

Okay, das war vielleicht etwas verrückt. Nick würde das nicht tun. Winter fragte ich erst gar nicht. Amber war nicht dumm.

»War es Josh? Hat er dich ...«

Amber stieß sich vom Stuhl ab und funkelte mich wütend an.

»Am besten du gehst einfach mal rum und fragst jeden Arsch, ob er mich angefasst hat. Ob ich ihn angefasst habe. Fang bei der Rugby-Mannschaft an!«

Sie wollte mich provozieren. Amber wollte einfach nur kontern. Ich biss die Zähne zusammen, während wir uns wütend anblickten.

AMBER

Das war eine Katastrophe! Der Abend war so schön gewesen, und jetzt? Jetzt drehte Blake durch. Und wieder sagte er Dinge zu mir, für die ich ihm vor wenigen Wochen noch kastriert hätte. *Ohne Betäubung versteht sich!*

»Warum fragst du mich nicht, ob ich was mit der Streberin hatte?«, sprach Winter wie ein verletzter Hund.

»Halt die Klappe, Winter. Ehrlich, sonst verpass ich dir so fest ...«

»Hör auf, deine Freunde mit deiner kranken Eifersucht ...«

»Eifersucht?« Blake lachte übertrieben laut auf. Das verletzte mich. »Ich wüsste ja nicht mal auf was und wen. Immerhin sind es mehr als 10 Kerle gewesen, oder? Von wie vielen reden wir hier also insgesamt? Oder sind wir schon dreistellig!«

Blake wusste sofort, dass er zu weit gegangen war. Mein Puls schlug vor Schmerz viel zu schnell. Meine Lippen zitterten, genauso wollten sich die ersten Tränen aus meinen Augen stehlen. *Nein! Auf keinen Fall. Ich werde weder vor ihm noch vor den anderen heulen.*

»Amber ...«, begann Blake, doch ich hob die Hand, damit er ja die Klappe hielt.

»Lass es. Lass es einfach.«

Ich verließ den Tisch und wollte nur noch weg. Das schaffte Blake ziemlich gut. Mich in die Flucht zu schlagen.

Das war eigentlich ein großer Witz. Drei Jahre lang war mir jeder Spruch von Blake entgegengekommen. Ich konterte, ich ... war nicht diejenige, die lieber floh. Das war ich nicht ...

Die Blicke folgten mir, als ich aus der Sporthalle lief. Aber es war mir egal. Es hatten sicherlich so einige mitbekommen, was da bei uns am Tisch passiert war.

Es war bereits total dunkel geworden, die Luft war kühl, und meine Jacke war noch in der Halle. Toll. Ehrlich. Aber nichts auf der Welt würde mich da wieder reinbringen, also lief ich Richtung Wohnheim. Ich würde mich aus dem Kleid quetschen, ins Bett kuscheln und vor mich hin heulen. *Ja, perfekte Idee.*

»Du haust jetzt nicht ab!«

Blake. Wunderbar.

Ich drehte mich nicht um, lief einfach weiter.

»Amber! Bleib stehen, du gehst nicht ...«

»Ich gehe nicht? Dann schau gut zu, du Arsch. Rechts, links, rechts ...« Blake griff meinen Oberarm, ich riss mich aber schneller von ihm los, als er reagieren konnte.

»Es tut mir leid, okay.« Er sah wirklich schuldbewusst aus. Ja gut, nicht anders sollte er schauen.

»Ach?«

Ich verschränkte weiterhin die Arme vor der Brust. So fühlte ich mich geschützter. Vor der Kälte und ihm.

»Man, du hast da drin gerade meinen schlimmsten Albtraum wahr werden lassen.«

»Was? Und der wäre bitte?«

»Dass dich jemand anderes hatte«, sagte er ohne zu zögern und mit so einer Dringlichkeit in der Stimme, dass ich erzitterte.

»Dir ist schon klar, dass die Studentinnen unter ihnen nicht nur Wetten abgeschlossen haben, wer von uns beiden mal wieder den Sieg davonträgt. Es ging oft darum, wen du diesmal mit in die Abstellkammer nimmst, Blake. Und du regst dich darüber auf, dass ich ein Leben vor dir hatte?«

Er fuhr sich frustriert durch die Haare.

»Ja okay, ein Leben vor mir ... das hattest du. Ich hab's verstanden. Aber mit über 10? Mit Sportlern? Vielleicht mit Josh oder ...«

»Wooow. Definiere Sportler!«

»Definieren? Wenn du wissen willst, ob ich die verdammte Schwimmmannschaft nur im Ansatz ernst nehme, dann sorry, tue ich nicht. Im Wasser planschen kann auch Nicks zehnjährige Schwester und ...«

Er würde nicht aufhören auf Josh oder seinen Sport herumzuhacken, also unterbrach ich ihn.

»Für mich sind auch Mathematiker echte Sportler, Blake.« In Blakes Gesicht fand sich völliges Unverständnis. »Das ist attraktiv.«

»Was soll da attraktiv sein? Ein Typ, der dir berechnet, wie hoch die Wahrscheinlichkeit ist, dass du überfahren wirst? Jepp, äußerst heiß.«

»Das ist nicht witzig!«

Blake schnaubte. »Das ist es auch nicht! Immerhin erzählst du mir gerade, dass irgendwelche Nerds mehr als zehnmal an dich ran durften, und ich ...«

Automatisch machte ich einen Schritt auf ihn zu.

»Pass auf, was du sagst.«

»Du meinst das ernst«, stellte er plötzlich fest. »Josh oder irgendjemand anderes aus dem Footballteam hat nicht mit dir geschlafen.«

»Fühlst du dich jetzt besser?«

»Keine Ahnung.« Blake schaute sich in der Gegend um, es liefen hier draußen nicht viele Studenten herum. Klar, alle waren in der Sporthalle. »Du hattest Sex. Viel Sex, Amber.«

»Achtung, Blake. Jedes zweite Mädchen hat dich hier nackt gesehen.«

»Das ist nicht dasselbe.«

»Das ist nicht …? Willst du mich eigentlich verarschen? Die Durchschnittsamerikanerin hat mit 16 Jahren das erste Mal Sex, dann circa drei Sexualpartner im Jahr. Das ändert und erhöht sich jedes Jahr exponentiell in der Anzahl. Also liege ich sogar noch unter dem Schnitt.«

Ich hatte gar nicht mitbekommen, dass wir uns noch näher gekommen waren. Seine Schuhspitze traf praktisch meine.

Blake sah wirklich aus wie James Dean, nur noch heißer. Sein Aftershave passte gerade so gut. Maskulin, stark, heiß. Das alles fühlte und roch ich.

»Sollte ich mich also jetzt freuen, dass du nicht durchschnittlich bist, Amber«, flüsterte er plötzlich. »Denn ehrlich, ich hatte da ganz andere Wörter im Kopf, die dich beschreiben.«

»Und die wären?«, fragte ich und flüsterte selbst.

Es gab nur noch ihn. Wir befanden uns nicht auf dem Campus. Nein. Den gab es gerade nicht. Nur ihn. Sein Gesicht, diese intensiven Augen, die mich seit

Wochen immer anblickten und mir genau sagten, was er wollte. Was auch ich wollte.

»Du bist schön. So schön, dass es nur den wenigsten auffällt.« Ich wollte etwas sagen, zum Beispiel, dass das gar nicht so toll klang, aber er kam mir zuvor. »Jeder Kerl steht auf dich, Amber. Sie trauen sich nur nicht, dich anzusprechen.«

»Du hast es getan«, stellte ich die Tatsache fest, und er nickte nur.

»Nein! Du kannst mich nicht schon wieder beleidigen, weil du wegen Nichtigkeiten ...«

»Nichtigkeiten? Ich will nicht wissen, ob du gevögelt hast. Verdammt, ich will nicht mal wissen, dass dich irgendein anderer Kerl je berührt hat. Ich will ...«

»Deine Ex-Freundin saß mit uns am Tisch.«

»Sie ist und war nie meine Ex-Freundin. Scheiße, ich war nie mit ihr zusammen!«, antwortete er mit gepresstem Kiefer.

»Oh, dann war sie nur ein kurzer Fick? Nur einmal, dann adios?«

Ich wusste es. Jeder wusste, dass Kelly öfter mal sein Bett gewärmt hatte.

Ich schnaubte, weil er natürlich gar nicht reagierte.

»Komm schon, Amber.«

»Sie ist in dich verknallt, Blake. Deswegen versucht sie ständig ...«

»Und? Ich liebe sie aber nicht!«

»Ganz toll, du brauchst keine Gefühle, um zu vögeln. Das wissen wir ja. Das wissen alle!« Ich redete schon so, als würde ich mit einer dritten Person sprechen. Nur standen wir als einzige im Halbdunkeln auf der Wiese Richtung Wohnheime.

»Hab ich dich gefickt?«

Was sollte denn diese Frage jetzt?

»Was? Nein, natürlich nicht.«

»Wenn du also denkst, ich vergleiche dich mit Kelly, dann ja, tue ich das sicher. Sie ist nämlich nicht du. Ich will nicht sie. Ich will dich. Weil Amber Jenkins Eier zeigt, wenn es kein anderer tut. Weil es Spaß macht, einfach mit dir abzuhängen, weil …«

»Hör auf!«, bat ich ihn, weil mein Herz wie verrückt schlug.

Ich brauchte drei Schritte. Drei Schritte, bis ich mich auf ihn stürzte und ihn küsste. Und was für ein Kuss das war. Zwei Atemzüge später hielt er meinen Po in seinen Händen, meine Beine umklammerten seine Hüfte. Wir hatten uns in den letzten zwei Wochen oft geküsst, aber dieser Kuss hier war dennoch anders. Noch intensiver. Noch … mehr Blake.

»Amber«, flüsterte er gegen meinen Mund, als er nach Luft japste.

Ich dachte nicht darüber nach, dass wir vor zwei Sekunden noch über Grundsätzliches gestritten hatten. Ich wollte ihn einfach spüren, weil sich auch das hier so richtig anfühlte.

»Du musst mir sagen, was du willst, Honey.« Dieser Akzent. Diese Betonungen … Jedes Mal, wenn er das tat, kribbelte alles an mir.

»Ich will …« Die leichte Unsicherheit tauchte wieder auf. Was war ich für ihn? Ja, er wollte mich, und ja, ich wollte ihn auch. »Ich will dich, Blake.«

Er knurrte. Blake knurrte wie ein Tier und schon wieder reagierte mein Körper. Dann lief er mit mir auf den Armen tatsächlich los.

»Was tust du?«, rief ich panisch und klammerte mich fester an ihn.

»Nur das, was du willst. Ein ruhiges Plätzchen für uns suchen. Ich nehme an, deine Freundin, die nach einem Drink benannt wurde, ist nicht in eurem Zimmer?«

»Sie ist bei ihrem Freund.«

Er trug mich wie selbstverständlich die mindestens 500 Meter bis zum Wohnheim. Blake schwitzte nicht mal. Jedes Mal, wenn uns Studenten entgegenkamen, verbarg ich mein Gesicht in seiner Halsbeuge.

Er lachte jedes Mal und meinte: »Sie glauben seit Wochen, dass wir miteinander schlafen, Amber. Bleib locker. Sie werden reden. Egal, was wir tun.«

Auch wenn Blake absolut recht hatte, entspannte ich mich erst, als wir endlich vor meinem Zimmer ankamen. Er ließ mich runter.

Ich kam nicht mal dazu, die Tür zu öffnen, da drückte er mich schon ins Zimmer rein, schloss sie hinter uns und küsste mich stürmisch.

»Sorry«, flüsterte er und küsste mich immer wieder. »Aber ... ich ... kann ... echt ... nicht ... mehr ... warten.«

Und ich wollte es auch nicht mehr hinauszögern. Ich wollte ihn. Denn es war nichts Falsches daran. Blake war die letzten Jahre unerreichbar für mich, weil es nie passte. Jetzt war es anders.

Wir küssten uns lang, bis ich aufs Bett fiel und er auf mir lag. Dann küssten wir uns dort fast besinnungslos. Das taten wir schon die letzten zwei Wochen lang, nur diesmal entledigten wir uns unserer Klamotten in Rekordgeschwindigkeit.

Blake küsste jede Körperstelle von mir.

Ich bekam überall eine Gänsehaut. Stöhnte, als er meinen Slip zur Seite legte und seinen Finger in mich schob. Blake sagte immer wieder unverständliche Worte, flüsterte mir zu, wie oft er davon geträumt hatte ... es war einfach wundervoll.

»Blake!«, rief ich, als ich nach wenigen Sekunden zum Orgasmus kam.

»Immer, Honey. Ich bin immer da ...«, flüsterte er mir ins Ohr, »... und werde dir das geben, was du brauchst.«

Ich befand mich noch in meinem Nebel voller Lust und vollkommener Entspannung. Und wollte ihn endlich in mir spüren.

»Das was ich jetzt brauche, bist du!«

Ich blickte ihn an. Er hatte noch kein Licht angemacht, nur das Fenster sorgte für etwas Helligkeit. Der Mond musste hell am Himmel scheinen.

»Bist du dir sicher, Amber?«

»Es ist süß, dass du fragst, Blake. Aber ich bin sicher.«

Keine fünf Sekunden später küssten wir uns schon wieder. Stürmischer. Unbeherrschter.

»Gott, Amber. Ich komm gleich, ohne in dir drin zu sein. Das kann ich mir und dir nicht antun«, flüsterte er völlig außer Atem, zog ein Kondom aus seiner Hose, entledigte sich seiner Boxershorts und legte sich auf mich.

»Das ist jetzt nicht der Moment, in dem du mir sagst, dass du noch Jungfrau bist, oder?« Blake grinste gegen meinen Hals, während er mich küsste. Das fühlte ich genau. Ich lachte, während seine Hände meinen Körper streichelten.

»Nein, nein ... da muss ich dich enttäuschen.«

»Ich glaube, du bist die Einzige, die mich niemals enttäuschen könnte ...« Blake schaute mich an. Sehr lang an.

»Das hörte sich vorhin noch ...« Aber er ließ mich nicht ausreden.

Er drückte seinen harten Schwanz gegen meine Muschi. Ich zog hörbar die Luft ein.

»Verwechsle Eifersucht nicht mit Enttäuschung, Honey.«

»Also bist du doch ...« So weit kam ich gar nicht. Er drang ich mich ein und ich stöhnte auf. Er auch. Wobei ich eh kaum noch etwas mitbekam, während er sich in mir bewegte. Es fühlte sich so gut an. So schön.

»Ob ich eifersüchtig bin, weil dich jemand vor mir hatte?«, fragte Blake plötzlich mit angestrengter Stimme. »Verdammt ja! Ich hasse den Gedanken, dass du andere hattest!« Blake leckte meine Brustwarze. Dann massierte er meine Klitoris und nahm mich, wie noch kein Mann mich genommen hatte.

»Es könnte sein, dass ich vielleicht etwas geschwindelt habe ... oh Gott, ja!«, stammelte ich.

»Was?«

Er stoppte seine Bewegung und ich jammerte wie ein kleines Mädchen. Ich wollte weitermachen. Ich war mehr als feucht, stand kurz vor meinem zweiten Orgasmus.

»Amber. Sieh mich an!« Er bewegte sich kein Stück mehr, als ich seinen Blick erwiderte. Schweißperlen standen ihm auf der Stirn. Blake riss sich zusammen und ich könnte mich für meine Ehrlichkeit gerade umbringen. »Was heißt das?«

»Ich hab gelogen, okay! Es waren nicht mehr als 10 Männer! Ich hatte zwei Männer vor dir!«

Das Gesagte schien erst wenige Momente später bei ihm anzukommen, denn der Kuss, den er mir danach gab, war ... höllisch heiß.

»Fuck, du kleines Biest!«

Er bewegte sich wieder. Und wie er das tat. Er nahm mich immer schneller, immer fester. Ich stöhnte, er stöhnte. Unsere Körper bewegten sich rhythmisch miteinander. Wir schwitzten, wir ... liebten uns.

»Scheiße, verdammte ...« Ich nahm seine Worte nicht mehr wahr. Ich nahm nur seinen Schwanz und meine Feuchtigkeit wahr. *Gott, ist das gut.*

»Du schreist für mich, Honey. Du schreist und wirst ...« So weit kam er nicht, denn er stöhnte und ich kam auch. Es war ... wundervoll.

BLAKE

Einmal Hölle und zurück, so fühlte es sich an, als wir dieses verdammte »Ich-habe-nie«-Spiel spielten. Jetzt war es der Himmel … meine Fresse, der Sex mit Amber war … was war er? Vergleiche stellen könnte ich, wusste aber, dass alles, was ich vorher hatte, nichts war. All die Frauen, all das dumme Geficke war gar nichts wert.

»Das hätten wir früher schon mal machen sollen«, lachte Amber, die in meinen Armen lag. Ich grinste.

»Du hättest mich nicht mal mit der Kneifzange angefasst«, stellte ich klar.

»Stimmt!«

Sie stützte sich mit ihrem Ellenbogen auf und blickte mich an. Ihre Haare waren ein einziges Chaos, der Lippenstift längst verschwunden. Amber hielt die Decke vor ihre Brust. Wir lagen einfach nackt in ihrem Bett und genossen die Anwesenheit des anderen. Es war nicht wie früher. Früher wollte ich danach einfach nur in mein Bett. Meist kannte ich nicht mal den Namen des Mädels. Ja, ich war ein Arschloch. Aber damals wussten sie auch, was sie bekamen, wenn sie sich auf mich einließen.

»Ich weiß, manchmal bin ich ein Arsch, Amber. Aber das hat nur was damit zu tun, weil das mit dir und mir etwas ganz anderes ist. So was gab es bei mir noch nicht und ich ... ich denke öfter mit meinem Bauch statt mit dem Kopf.«

»Oder mit dem da ...«, grinste Amber und blickte zu meinem Schwanz unter der Decke.

»Ich meine es ernst.«

Sie biss sich auf die Lippe, nachdem sie mein Gesicht genau musterte.

»Du meinst es also ernst.«

Ich nickte, ohne sie aus den Augen zu lassen.

Bevor sie weiter etwas sagen konnte, klingelte ein Handy. Meines war es nicht, also gehörte es Amber.

»Verflucht!« Erst versuchte sie samt Decke aufzustehen. Das gelang nicht. Also stieg sie nackt aus dem Bett und suchte zwischen den Klamotten nach ihrem Handy. »Da ist es ja!«

Sie stellte sich völlig außer Atem hin und nahm den Anruf an.

»Mom.« Amber klang müde. Hatte ich sie also doch müde gevögelt!

Ich hätte gegrinst, wenn ihr Gesicht nicht so ernst geworden wäre.

»Wie konnte das passieren? Und ihr seid immer noch im Krankenhaus?«

Während sie ihre Sachen zusammensuchte, hörte sie sich an, was ihre Mom zu sagen hatte.

»Ich komme vorbei. Keine Widerrede. Bis gleich!« Sie legte auf und zog sich Slip und Hose an, die sie sich aus ihrem Schrank griff.

»Was ist los?«

Amber zuckte zusammen, als hätte sie völlig vergessen, dass ich hier war.

»Ich ... ich muss los. Meine Mom ... ich muss nach Oakland.«

»Jetzt?« Ich setzte mich auf und beobachtete sie dabei, wie sie ein simples blaues Shirt anzog.

»Ja, meine Schwester hat ... Shit, wo sind meine Schuhe?« Amber drehte sich um die eigene Achse und fand dann die Schuhe.

»Ich fahr dich.«

»Was?«

»Du fährst ganz sicher nicht mehr mit dem Zug.«

»Du hast getrunken«, stellte sie fest.

»Ich hab nur an dem Scheiß-Wodka genippt. Und wenn wir gerade dabei sind, du hast mehr von dem Zeug getrunken.«

Sie verkniff sich das Grinsen, weil sie mich verarscht hatte. Und ich war froh, dass das alles im Grunde nur ein Scherz war. Meine kranken Gedanken überschlugen sich auf der Party, weil ich dachte, Amber wäre mit sonst wem zusammen gewesen. Völlig bescheuert, wenn ich darüber nachdachte. Aber verdammt noch mal, wer dachte denn schon mit Vernunft bei so was?

Ich stand auf, um mir meine Sachen anzuziehen.

»Bist du dir sicher, dass du mich fahren willst?«, fragte Amber mich mit leicht zittriger Stimme.

»Natürlich werde ich dich fahren. Warum glaubst du, würde ich das nicht wollen?«

»Keine Ahnung ... es ist ...« Sie zuckte mehrmals mit der Schulter, konnte mir auch nicht mehr ins Gesicht sehen.

»Hey.« Ich drückte sie an mich, weil sie und ich das ehrlich gesagt brauchten. Ambers Stimmung hatte sich nach dem Anruf verändert und wieder hatte das etwas mit ihrer Familie zu tun. Sicherlich wollte ich nicht, dass sie mitten in der Nacht mit dem Zug fahren musste. Aber ich war auch neugierig. Was machte ihr nur solche Sorgen?

»Ich wollte immer schon nach Oakland«, sagte ich, und sie schnaubte. »Okay, vielleicht bin ich schon mal durchgefahren, als ich nach San Francisco wollte.«

»Du bist ein Idiot. Aber danke, dass du es versucht hast!« Sie fuhr sich durch ihr Vogelnest und bekam große Augen. »Meine Haare.«

»Hübsch, nicht wahr.« Ich war irgendwie stolz auf mich. Immerhin sah sie wegen mir so durchgefickt aus.

»Ja natürlich«, sagte sie ironisch und begann ihre Haare zu bürsten.

Das Leben war schön. Das hier war gerade perfekt ... Amber und ich.

AMBER

Ich knabberte immer wieder an meinen Fingernägeln. Als Mom anrief und sagte, dass Zoe sich den Arm gebrochen hatte, wollte ich nur noch schnell zu ihnen. Aber jetzt, eine knappe Stunde später wurde ich nervös. Blake würde sich bestimmt nicht damit abspeisen lassen, im Wagen zu warten. Ich kannte ihn ja.

»Da wären wir«, verkündete er. »Hübsches Haus.«

Er hielt vor unserem Haus. Es war schon fast ein Uhr in der Nacht, die Straßen leer und alles lag in Dunkelheit gehüllt.

»Es ist klein, aber es reicht«, war meine Antwort.

»Okay, was ist los?«

»Was soll los sein?«

»Du bist seit dem Anruf wie ausgewechselt. Sicher, du machst dir Sorgen um deine Schwester, aber da ist noch mehr, und ich will ...«

Ich blickte überall hin, nur nicht zu ihm. Was nicht nett war, ja das wusste ich. Aber diese Situation sollte noch nicht so schnell kommen. Was wäre, wenn er Zoe nicht akzeptieren könnte? Dann wäre das für uns beide eine Katastrophe. Ich könnte und würde das nicht akzeptieren können. Niemals.

Ich drehte mich zum Haus um. Im Wohnzimmer brannte noch Licht. Mom wartete sicher schon auf mich. Nur auf mich. Ich hatte ihr noch nichts von Blake gesagt.

»Willst du jetzt mit reinkommen?«, fragte ich und umging seine Frage. Das fiel ihm auch auf, aber sagte nichts weiter dazu.

Seufzend stieg er aus, und öffnete die Tür auch für mich. Ich war ganz in meinen Gedanken versunken und bemerkte es erst gar nicht.

Blake trug noch seine Stoffhose und das weiße Hemd, sein Haargel war mittlerweile ganz aus seinen Haaren verschwunden und dennoch sah er einfach nur heiß aus. Aber diese Gedanken musste ich erst einmal verdrängen. Es gab Wichtigeres.

»Also, mir gefällt die Gegend hier«, sagte Blake, während wir zum Haus liefen.

»Danke.« Mehr brachte ich nicht heraus. Ich war zu angespannt.

Ich öffnete die Tür mit meinem Schlüssel und atmete noch einmal tief ein.

»Amber?« Mom saß vor dem Fernseher, und als sie bemerkte, dass ich nicht allein war, machte sie einen wirklich merkwürdigen Laut. »Ach, herrje. Du hast Besuch mitgebracht.«

Sie schlang ihren Bademantel etwas enger um sich, als sie aufstand.

»Mom, es ist mitten in der Nacht, Blake hat mich nur gefahren.«

»Autsch«, kommentierte Blake meine Erklärung, lief an mir vorbei, um Mom die Hand hinzuhalten. »Guten Abend, Mrs. Jenkins. Ich freu mich, Sie endlich kennenzulernen. Mein Name ist Blake Michaels Jr.«

Blake Michaels Jr.? Was zum Teufel ...

Mom schüttelte seine Hand, und der Blick, den sie mir zuwarf, sagte alles aus. *Ja, er ist heiß. Bitte sag nichts dazu, Mom.*

»Ich wusste gar nicht, dass du so einen gut aussehenden Freund hast. Das ist sehr nett von dir, Blake. Dass du sie gefahren hast.«

Ich wollte mir am liebsten die Hand vors Gesicht schlagen vor Scham.

»Mom, was ist heute passiert? Sie hat sich also den Arm gebrochen.«

»Ja.« Moms Stimmung veränderte sich merklich, aber darauf konnte ich jetzt keine Rücksicht mehr nehmen. »Sie ist die Treppe heruntergefallen.«

»Die Treppe? Mom, was ist denn ...«

»Sie wollte mit dem Schlitten unbedingt die Szene aus »Kevin allein zu Haus« nachspielen, und ich war gerade in der Küche, da ist es passiert.«

Ich seufzte und strich mir über die Stirn, als ich die Tür oben hörte.

Zoe polterte laut die Treppen herunter und rannte direkt in meine Arme.

»Du bist wieder da, A.«

Wie so oft brauchte Zoe ein paar Sekunden, um mich wieder loszulassen. Aber ich mochte das. Es war so selten, dass Autisten die Nähe eines anderen Menschen akzeptierten.

»Wer bist du?«

Sie bemerkte Veränderungen immer. Auch fremde Personen. Zoe blickte zu Blake, der sie freundlich anlächelte.

»Ich bin Blake. Ambers Freund.«

Ich biss mir auf die Unterlippe, um mich daran zu hindern, ihm zu sagen, dass er so nicht reden sollte, aber stimmte das etwa nicht? Vor einer Stunde lagen wir noch nackt in meinem Bett.

»Freund?« Zoe musterte Blake intensiv, der ließ sich nichts anmerken und blieb mit den Händen in den Taschen stehen. »Habt ihr Sex?«

Mom schnaubte geschockt, ich schüttelte nur den Kopf und was tat Blake? Der lachte aus vollem Halse. Na wenigstens einer, der darüber lachen konnte!

»Deine Schwester ist grandios«, sagte Blake.

»Ich bin Autistin, nicht grandios«, konterte Zoe, und ich musste mir ein Schmunzeln verkneifen.

»Sorry, kommt nicht mehr vor.« Blake lächelte immer noch, während ich irgendeine Regung nach Zoes Antwort in seinem Gesicht erwartete. Aber da kam nichts. Blake lächelte immer noch offen und freundlich, während er sich den Gips von Zoe zeigen ließ.

»Kevin allein zu Haus? Ich fand den zweiten Teil viel besser«, sagte Blake und Zoe lachte. Sie lachte tatsächlich und stand nur wenige Schritte von ihm entfernt. Mit ihrem Mickey-Mouse-Pyjama und den geflochtenen Haaren sah sie viel jünger aus, als sie eigentlich war. Aber was mich wirklich schockte, war das Lachen, das sie Blake schenkte.

Ich drehte mich zu Mom um, die mir freudestrahlend zunickte.

Es dauerte noch einige Zeit, bis Zoe wieder ins Bett wollte. Als sie dann endlich einschlief, verabschiedeten wir uns von Mom, und Blake und ich fuhren langsam los.

Ich war zwar müde, aber auch angespannt. Was dachte Blake wirklich? Er war freundlich, hörte Zoe zu, und meine Mom würde sicher morgen das Aufgebot bestellen, so angetan war sie von ihm.

»Sag was«, bat ich ihn, als wir auf den Highway fuhren.

»Und das wäre?«, fragte er mit völlig unschuldigem Ton in der Stimme.

»Na, was du von Zoe hältst.«

»Sie ist ein nettes Mädchen. Sie sieht dir ähnlich.«

»Okay, jetzt sag es schon.«

»Was denn?« Er sah immer wieder von der Straße zu mir.

»Zoe ist nicht normal, falls es dir nicht aufgefallen ist!«

Blake starrte mich einen Augenblick lang an, bis er plötzlich rechts ran fuhr.

»Was soll das denn?«

»Das war die ganze Zeit dein Problem?« Blakes Stimme klang wütend, barsch und triefte nur so vor Enttäuschung.

»Ich ...« Was könnte ich jetzt sagen? Dass es nicht stimmte? Aber das entsprach ja der Wahrheit. Ich hatte Angst und Bedenken, ihm Zoe vorzustellen.

»Ich fass es nicht!« Er stellte den Motor ab und stieg aus dem Jeep aus.

»Blake!«

Ich folgte ihm und konnte ihn gut sehen, da er die Lichter des Wagens anließ.

»Bin ich so ein Arschloch, dass du denkst, ich würde deine kleine Schwester in irgendeiner Weise ...« Er raufte sich die Haare, als ich die Arme vor meinem Oberkörper verschränkte. »Natürlich bin ich das. Ich hab dir drei Jahre nichts anderes gezeigt.«

»Blake ...« Er klang schon fast gebrochen, und das ertrug ich nicht.

»Nein, du hast recht. Mich wundert es nicht, dass du jeden beschützt, der schwächer ist oder sich nicht wehren kann.« Es war kalt hier draußen, dennoch konnte ich mich nicht bewegen, als Blake mich anschaute. »Deine Schwester ist ein tolles Mädchen und … wenn ihr jemand wehtun würde, dann … scheiße, es tut mir leid, Amber. Wirklich.«

Lange blickten wir uns an, keiner sagte etwas. Es brauchte auch nichts gesagt werden. Irgendwie wurde ja bereits genug diskutiert. Oder?

»Du musst dich nicht entschuldigen. Nicht bei mir. Du hättest ihr nichts getan, das weiß ich doch.« Ich lief ein paar Schritte auf ihn zu und wartete auf seine Reaktion. Nur es kam keine. Er blieb an Ort und Stelle stehen und starrte mich mit einem Blick an, den ich nicht zu deuten wusste.

»Dann lass mich wenigstens sauer auf dich sein.« Jetzt verstand ich nur noch Bahnhof. Das sah er wohl auch in meinem Gesicht geschrieben, weil er direkt weiterredete. »Wenn du weißt, ich würde ihr nichts tun, ihr nicht wehtun …« Der ironische Klang in seiner Stimme ließ mich zusammenzucken. Damit hatte ich ihn wohl hart getroffen. »Du bist immer wieder hier nach Hause gefahren, oder? Weil irgendwas mit Zoe war. Und warum zum Teufel hast du es mir nicht einfach gesagt? Was war dein Problem?«

Meine Ängste, er könnte sie nicht akzeptieren, waren völlig unbegründet gewesen.

»Ich dachte, du könntest sie nicht akzeptieren. Und ja, ich habe geglaubt, dass du ihr nicht wehtun würdest, sondern mir, okay. Jetzt ist es raus!« Jetzt war ich es, die den Verstand verlieren würde. Ganz sicher.

»Wenn du sie nicht akzeptierst, wie sie ist, dann ... könnte ich dich nicht in meinem - unserem Leben - akzeptieren.«

»Das ist das absolut Bekloppteste, was ich jemals gehört habe!«

»Ach, fick dich doch!«, brüllte ich ihn wütend an. Hätte ich ihm doch bloß nicht gesagt, wovor ich wirklich Schiss hatte.

»Ich akzeptiere dich doch auch, Amber. Und du bist auch nicht einfach, mit deiner ganzen Heiligenschein-Nummer!« Er wedelte mit der Hand herum.

»Danke, Arschloch. Du kannst froh sein, dass ich dich lieb ...« *Oh nein. Das habe ich jetzt nicht gesagt. Nein. Nein. Nein*

Die großen Augen, das darauffolgende wissende Grinsen bestätigte meine schlimmsten Befürchtungen. Er hatte es gehört.

»Komm her«, bat er mich mit dieser ruhigen sanften Stimme.

»Das war nicht so gemeint, Blake. Ich liebe dich nicht, ich ...«

Zwei Schritte, dann drückte er mich an sich.

»Du hasst mich, richtig?« Er lächelte, als würde er mir gerade eine ziemlich große Last von den Schultern nehmen wollen. Dankbar nickte ich, weil ich genau das jetzt brauchte. »Das ist schade, denn ich mochte dich schon von Anfang an, irgendwie ...«

Ich blickte hoch zu ihm. »Ach wirklich?«, fragte ich ihn skeptisch.

»Du hast mich beeindruckt. Das passt eher. Nie hast du aufgegeben, warst um keinen Spruch verlegen. Vielleicht habe ich deswegen versucht gegen dich anzukämpfen. Weil du im Grunde bist wie ich: Du hilfst den Leuten, anstatt sie mit irgendeinem Rotz zu nerven.«

»Du glaubst also, wir sind uns ähnlich ...« Ich malte Kreise auf seinem Hemd und wartete auf Blakes Antwort.

»Zumindest wollen wir die gleichen Dinge. Also, du hast gesagt ...«

»Nein, ich habe gar nichts gesagt«, antwortete ich wütend und lief wieder zum Jeep. »Du hast dich verhört. Und wehe, du wirst das jetzt immer gegen mich verwenden ...«

Ich hatte Blake nicht kommen sehen, als er mich mit einem Ruck umdrehte und auf den Beifahrersitz setzte. Ich quiekte erschrocken auf, weil es so schnell ging.

»Was machst du denn?«

»Dir zeigen, wie sehr ich dich liebe, Honey.« Dieser Akzent, dieser Satz. *Moment mal. Was?*

»Du ... du liebst mich?«

Ich musste wohl wie ein erschrockenes Irgendwas aussehen, denn Blake lachte kurz laut, schüttelte dann den Kopf und begann meinen Hals zu küssen.

»Wie sollte ich das sonst nennen? Ich interessiere mich für keine andere mehr. Bin wütend, wenn ich nur höre, dass du Sex vor mir hattest, und wenn ich das hier mache ...«, er knabberte an meiner Schulter und ich stöhnte lustvoll auf, »... würde ich dich am liebsten den ganzen Tag vögeln und danach mit dir kuscheln. Also ja, ...«, er hob den Kopf, um mich wieder anzusehen, »... ich liebe dich, Amber.«

Mir stockte der Atem. Noch kein Mann hatte das zu mir gesagt.

»Ich liebe dich auch.«

Er versuchte es nicht zu zeigen, aber er atmete erleichtert aus.

»Da das jetzt geklärt ist, würde ich dir gerne zeigen, wie sehr ich dich liebe ...« Er zuckte übertrieben mit den Augenbrauen und ich lachte. Zwei Lacher später lag ich tatsächlich halb auf dem Beifahrersitz und der Mittelkonsole.

»Blake! Du wirst doch nicht ...« Und wie er es doch tat. Er zog meine Jeans aus und spreizte meine Beine. »Wir sind auf dem Highway!«

»Und es ist mitten in der Nacht, Honey. Hier kommt kein Wagen vorbei.«

Ich ließ mich wieder zurückfallen, weil ich nun mal auch nicht so trainiert war, ständig meinen Oberkörper hochzuziehen. Und Blake hielt seine Hand auf meinem Bauch, damit ich nicht flüchten konnte.

Der Wind wehte um mein feuchtes Höschen, und er fühlte es, als er den Slip zur Seite schob.

»Ich sehe schon, das macht dich gar nicht an.« Der Spott in der Stimme nervte und doch wurde ich allein wegen seiner Stimme noch nasser zwischen den Beinen.

»Blake ...« Er sollte mich endlich lecken, also griff ich nach seinen Haaren.

»Ich weiß. Ich weiß«, sprach er mit seiner einfühlsamen Stimme. Diese Seite lernte ich erst mit der Zeit von ihm kennen, und es gefiel mir, ihn so zu sehen.

Langsam, als hätte er alle Zeit der Welt hier draußen, leckte er meine Muschi.

»Goooottttt!«

Als hätte er eine erste Probe verlangt, zog er mich enger an sein Gesicht und begann sein Meisterwerk.

Anders war es nicht zu beschreiben. Blake Michaels leckte mich gerade in andere Sphären.

»Komm, Amber. Komm!«

Und wie ich kam, ich zuckte, stöhnte und war am Ende fix und fertig und ... absolut glücklich.

Plötzlich bemerkte ich Lichter, die an uns vorbeifuhren.

»Oh, mein Gott!« Ich schloss die Augen, um wieder aufzuwachen. Blake lachte sich halb schlapp.

»Sie sehen dich nicht. Hopp, hopp, meine Schöne. Zieh dich an. Wir müssen zurück. Ich hab heute noch was vor mit dir.«

»Was?«

Blake lachte wieder, als er mein geschocktes Gesicht sah.

BLAKE

Kacke, war ich müde. Ich fühlte die Sonne, die bereits auf meine Haut schien. Ich musste wohl heute Nacht vergessen haben, die Vorhänge zuzuziehen. Eigentlich hätte ich auch bei Amber pennen können, aber die musste heute lernen und wollte nicht abgelenkt werden. Jepp, es befriedigt mich ungemein, sie nur mit meiner Anwesenheit ablenken zu können.

Also warum zum Teufel fühlte ich Hände auf mir? Ein feuchter Traum konnte das nicht sein. Amber hatte mich die Nacht über ausgelaugt. Da käme vermutlich nur noch Staub aus meinem Schwanz heraus. Wobei ich das gerne noch mal drauf anlegen würde.

Ich drehte mich auf meinen Rücken und blinzelte gegen das Licht an. *Shit. Wann bin ich jemals so fertig gewesen? Und das ohne Alkohol oder Gras.*

»Wach auf!«, flüsterte eine weibliche Stimme mir ins Ohr.

Was zum Teufel ...

Ich setzte mich auf, nur um in Kellys geschminktes Gesicht zu gaffen.

»Verfickte Scheiße.« Sie strich mir die ganze Zeit über den Rücken und jetzt tatschte sie meinen Oberarm an. Hastig stand ich auf, um von ihr wegzukommen. Kelly trug nur ein Hemd. War das mein Hemd? Scheiße, sie musste das von der Party gestern angezogen haben.

»Alles okay, Blake?«

»Ob alles?« Ich fuhr mir durch mein Haar. Die Reste des Gels spürte ich noch an meinen Fingern, ich brauchte eine Dusche. Vorzugsweise eine kalte, um richtig wach zu werden. »Was machst du in meinem Zimmer, Kelly?«

»Ich wollte nur ...« Sie lief auf mich zu, ich sprang wie ein Irrer über mein Bett und öffnete meine Zimmertür.

»Verpiss dich, und sehe ich dich hier noch einmal ...«

Kellys Gesichtszüge verhärteten sich: »Wegen der Bitch wirfst du mich raus?«

Ich änderte meine Meinung und knallte die Tür wieder zu. Kelly zuckte sichtlich erschrocken zusammen.

»Ich gehe davon aus, dass du von Amber sprichst.«

»Von wem denn sonst?« Sie verschränkte die Arme vor dem Oberkörper und blickte mich herausfordernd an. Das konnte das Miststück gut. So tun, als würde jeder Scheiß an ihr vorbeiziehen.

»Ich sage es dir jetzt noch einmal. Du hast hier schon lang nichts mehr zu suchen. Aus uns wird nichts. Niemals. Nada. Comprende?

»Aber sie ist ein Niemand!«

»Ernsthaft, Kelly. Such dir Hilfe.« Kopfschüttelnd öffnete ich wieder die Tür.

»Zieh dein Zeug an. Ich will mein Hemd zurück!« Dann verließ ich mein Zimmer und wurde von Nick und Winter begrüßt, die schon in der Küche saßen.

»Warum habt ihr sie nicht aufgehalten, verdammt

noch mal!« Ich nahm mir ein Glas aus den Schränken und goss mir Wasser ein.

»Wen aufgehalten?«, fragte Nick und trank seinen Kaffee.

»Kelly. Sie hat sich in sein Zimmer geschlichen«, kicherte Winter und fand den Scheiß wohl super lustig.

»Du wusstest es? Und warum hast du sie nicht aufgehalten?«

»Na, ich wollte sehen, wie du abgehst. Die Bitch hat hier nur heute Nacht gepennt, weil sie zu dir wollte«, erklärte Winter und nahm sich noch einen Löffel von seinen verfickten Cornpops.

»Gar nicht cool, Alter«, sagte Nick zu Winter.

»Was denn? Es war doch lustig. Kelly dachte wirklich, sie habe noch eine Chance bei unserem Captain. Wird mal Zeit, dass ihr gezeigt wird, wie krank sie eigentlich drauf ist.«

Recht hatte er.

»Kann schon sein. Wenn du so ein Scheiß aber noch einmal zulassen solltest, werde ich dich zerhacken und den Kappa-Mädels zum Fraß vorwerfen. Darauf kannst du dich verlassen!«, klärte ich ihn noch mal auf. Winter verschluckte sich an seinen Cornpops, was ich mit einem Kopfschütteln registrierte.

»Habt Amber und du noch alles klären können?«, fragte jetzt Nick. Richtig. Wir sind ja nicht gerade in guter Stimmung von der Party abgehauen.

»Jepp.« Ich ging zum Kühlschrank und griff mir die Milch. Nick musste wohl wieder einkaufen gewesen sein. Perfekt.

»Jepp? Mehr hast du nicht zu sagen? Als ihr gegangen seid, ging es ziemlich ab«, kommentierte Winter.

Seufzend setzte ich mich zu den beiden Idioten, als die Tür aufging und eine angezogene Kelly fluchtartig unser Apartment verließ. *Geht doch ...*

Sie blickte nicht einmal zu uns herüber, aber die Tür musste sie natürlich laut zuknallen. Und das am frühen Morgen.

»Wie auch immer«, sagte ich und kippte mir Müsli in die Schale, die schon bereit für mich stand. »Zwischen mir und Amber ist alles geklärt. Mehr gibt's nicht zu sagen.«

»Früher hättest du es gesagt, wenn du sie flachgelegt hättest.«

Winter strapazierte so langsam meine Nerven. Ich drückte den Löffel etwas zu sehr in die Schale.

»Früher hatte er noch keine Freundin. Und du beruhigst dich mal. Kein Bock auf Stress so früh am Morgen.« Nick klopfte mir auf die Schulter und brachte seine Tasse in die Spüle.

»Was ist bloß los mit euch? Du und Blake seid echte Langweiler geworden.« Winter seufzte, als würde die Welt untergehen.

»Dein Liebesleben ist also so viel besser? Ich erinnere dich daran, dass DEIN Date gestern Abend in SEIN Bett wollte«, erklärte Nick ihm, und ich schnaubte.

»Ja, wenigstens war überhaupt eine Braut in meinem Bett«, konterte Winter und starrte Nick herausfordernd an. Dass Kelly ihn nur benutzt hatte, erwähnte ich nicht. Was war denn jetzt überhaupt hier los?

»Pass auf, was du sagst.« Nick wollte gerade auf Winter losgehen, da sprintete ich zwischen die beiden.

»Ihr wollt mich wohl verarschen. Kommt beide jetzt mal runter«, sagte ich wütend.

»Ihr könnt mich mal«, sagte Nick und verzog sich in sein Zimmer.

Den halben Sonntag verbrachte ich in meinem Zimmer und versuchte die Spielzüge sowie Lernstoff in meine Birne zu bekommen. Aber jedes Mal dachte ich darüber nach, zu Amber rüberzugehen und ihr noch mal zu zeigen, was ich alles mit ihr anstellen könnte. Dann versuchte ich mir einzureden, dass ich sie morgen eh schon wiedersehen würde und wir noch Zeit hätten, so einiges miteinander anzustellen.

Ich lag auf meinem Bett und las gerade etwas über den Unabhängigkeitskrieg, als mein Handy vibrierte.

Cowgirl, 17.38 Uhr: **Hey, was machst du?**

Grinsend antwortete ich ihr sofort.

Ich, 17.38 Uhr: **Lernen und daran denken, dass der Scheiß bald erledigt ist. Und du?**

Cowgirl, 17.39 Uhr: **Ich warte darauf, dass du fertig bist, damit du mir die Tür aufmachen ...**

Die restlichen Worte las ich nicht mehr. Ich stand auf, meine ganzen Bücher flogen vom Bett, ich stolperte und fiel fast auf die Schnauze, aber meine Reflexe retteten mich und ich rannte bis zur Haustür. Ohne zu überlegen riss ich sie auf, griff mir das schöne Mädchen davor und küsste es stürmisch.

Sie schmiegte sich in meine Umarmung, bis wir wieder zu Atem kommen mussten. *Das mit dem Sauerstoff werde ich nie verstehen.*

»Wow. Was für eine Begrüßung«, lächelte sie. Ihre Brille hing etwas krumm auf ihrer Nase, also richtete ich sie ihr schnell.

»Komm rein.«

»Wenn du weiter lernen musst ...« Unsicherheit flackerte in ihrem Gesicht auf, aber ich zog sie einfach hinein.

»Ich hab genug gelernt. Mein Schädel würde jetzt eh kaum noch was aufnehmen.« Hand in Hand liefen wir durchs Wohnzimmer.

»Ja, für eine reine Männerbude gar nicht mal so übel.«

»Danke.«

Wir kamen in meinem Zimmer an und es sah fürchterlich aus. Weil ich gerade so verrückt gelaufen war, war alles auf den Boden gefallen, was ich zu meinem Besitz zählen konnte.

Schnell hob ich die Bettdecke und die Bücher auf, während Amber schmunzelnd weiter zu meinem Schreibtisch ging. Den benutzte ich nie, dennoch häufte sich eine Menge Kram darauf.

»Was willst du nach dem College machen?«, fragte ich sie, weil wir darüber noch gar nicht gesprochen haben.

Amber lächelte verträumt. »Unterrichten.«

»Echt? Du und Highschool-Jungs? Na, die werden sich freuen!«

Sie lachte. Ich liebte es, wenn ich sie zum Lachen brachte. Obwohl es auch heiß war, wenn ich sie zur Weißglut trieb.

Sie spielte mit meinen Büchern auf dem Tisch herum.

»Grundschule oder Middle-School. Das wäre etwas für mich.«

»Bin beeindruckt«, antwortete ich ehrlich und setzte mich auf mein Bett.

»Dich treibt es in die NFL, nehme ich an?!«

Bildete ich mir das nur ein, oder wurde ihre Stimme immer leiser.

»Keine Ahnung. Vermutlich.«

»Das klingt nicht begeistert«, stellte sie fest und lehnte sich mit diesem Knackpo an meinen Schreibtisch.

»Ich kann mir nur nicht vorstellen, das die nächsten zehn Jahre zu machen.«

»Dann mach etwas anderes«, antwortete sie so einfach, dass es mich wieder erstaunte. Klar, sie hatte absolut keinen Schimmer, wie mein Dad drauf war. Aber ... war das wirklich wichtig? Es wäre nicht das erste Mal, wenn ich ihm den Mittelfinger zeigen würde.

»Du planst, hier in der Nähe zu bleiben?«, hakte ich nach.

»Jepp. San Francisco wäre vielleicht ganz schön.«

Ich grinste, dann dachte ich über etwas nach.

»Bleibst du wegen Zoe?«

Sie schüttelte den Kopf. »Ich würde lügen, wenn es nicht so wäre, aber ich will auch nicht weit von meiner Familie entfernt sein. Auch wenn Mom momentan nicht so viel um die Ohren hat wegen Zoe, würde ich nicht wegziehen. Es ist schwierig, für Zoe die Hilfen zu beantragen, die sie braucht. Aber egal. Und du? Dein Treuhandfond öffnet dir sicher so einige Türen.«

Es war nicht überraschend, dass sie dachte, ich besäße einen Treuhandfond. Sie hatte ja recht.

»Stimmt.«

Sie lächelte mich weiter an, und plötzlich wurde mir mehr als bewusst, was ich mit diesem Geld, meinem Leben anfangen könnte.

AMBER

»Du grinst.« Ich zuckte nach Jills Spruch zusammen. Wir saßen in unserem gemeinsamen Seminar und ich bekam seit einer halben Stunde absolut nichts mit.

»Ich grinse?«, fragte ich sie, während Jill schmunzelte.

»Du starrst so verträumt durch die Gegend. Es ist Blake, oder?«

Wer denn sonst?

»Ich freu mich für dich. Wirklich. Nach Anfangsschwierigkeiten scheint ihr beide die Kurve bekommen zu haben!«

»Du redest wie meine Mutter.«

Sie zuckte mit der Schulter und schrieb weiter ein paar Notizen in ihren Block.

»Du brauchst jemanden, der dir mal die Meinung geigt. Auf Blake hörst du ja nie.«

»Auf Blake sollte niemand hören«, konterte ich und wir beide grinsten.

»Obwohl«, begann ich und Jill drehte sich neugierig zu mir. »Er weiß von Zoe.«

»Nein«, antwortete sie ungläubig.

»Doch!«

»Nein.«

»Wie lange sollen wir das Spiel jetzt noch treiben? Er hat mich nach Hause gefahren nach der Mottoparty. Zoe hat sich den Arm gebrochen und ...«

»Den Arm gebrochen? Geht es ihr gut?«

»Ja, sie trägt natürlich einen Gips, aber Blake hat ihr gezeigt, wie schön es doch ist, eine Malvorlage zu haben. Mom sagt, dass sie den Gips schon dafür genutzt hat. Du weißt doch, sie malt so gern.«

»Du grinst schon wieder.«

Wirklich? Das hatte ich gar nicht bemerkt.

»Es ist schön, dass er das mit Zoe weiß, und nicht arschig reagiert hat. Er scheint in allen Bereichen weniger Arsch zu sein, als vorher gedacht«, sagte sie und ich nickte.

Die Studenten erhoben sich. Die Stunde war wohl rum. Also folgten wir ihnen raus.

»Und was ist mit dir und Nick?«

Sie seufzte, während wir durch die Gänge liefen.

»Ach, kein Schimmer. Es ist ... kompliziert.« Jill versuchte sich an einem Lächeln, aber irgendwie erreichte das nicht ihre Augen. Ich glaubte ihr nicht.

»Kompliziert kann auch gut sein«, erklärte ich und wieder versuchte Jill zu lächeln. Was war nur ihr Geheimnis?

Wir liefen hinaus. Die Sonne schien. Es würde wohl ein toller Tag werden.

»Na, sieh dir das mal an!« Jill machte mich auf eine Szene ein paar Meter vor uns aufmerksam.

Blake half gerade einem anderen Studenten, Bücher aufzusammeln, die er wohl verloren hatte. Nick half wenige Momente auch und ich war baff. Ich wusste ja, wie Blake tickte. Die letzten drei Jahre lagen wir uns deswegen immer in den Haaren.

Blake nickte dem Studenten, der sichtlich überrascht wirkte, zu und ließ ihn dann weitergehen.

»Honey!« Blake lächelte sein übliches Lächeln, als er uns bemerkte. »Ich wollte dir gleich texten.«

»Warum?«

Er griff meine Hüfte und drückte sich an mich. »Weil du meine Freundin bist, weil ... egal. Zoe hat sich bei mir gemeldet. Sie will uns am Wochenende zum Essen einladen. Okay, deine Mom hat sich gemeldet. Man hat Zoe nur die ganze Zeit im Hintergrund quatschen hören.«

Ungläubig blickte ich ihn an. »Meine Mom hat dich angerufen?«

»Jepp. Ich hab Zoe meine Nummer gegeben, aber sie telefoniert wohl nicht gern und simsen wollte sie mir nicht.«

»Stimmt, sie hasst es zu telefonieren.«

»Und? Hast du am Wochenende Zeit?«

Immer noch war ich völlig perplex. Hatte Blake mich gerade gefragt, ob ich mit ihm zu meiner Familie fahren würde?

Jill räusperte sich etwas zu laut. Als ich sie anblickte, grinste sie bis über beide Ohren. Dass sie dabei ungefähr fünf Meter Abstand zu Nick hielt, bemerkte ich sehr wohl.

BLAKE

Es fühlte sich alles noch intensiver an. Nein, es fühlte sich alles besser an. Die langweiligen Professoren, die dutzenden Klausuren, das Training, ... das alles war einfacher zu ertragen, wenn am Ende immer Amber da war. Und heute Abend ging es beim ersten Spiel der Saison darum, zu gewinnen.

»Lauf, du Penner«, schrie Winter, als ich den Football fing. Ich rannte wie ein verfluchter Junkie, der darauf wartete, am Ende wieder zu seinem Mädchen laufen zu können, sie zu umarmen und in das nächste Bett zu zerren.

Früher hielt ich nicht viel von 08/15-Sex im Bett. Es sollte schnell gehen und die Weiber sollten sich nicht so wohlfühlen. Aber Sex mit Amber war ... scheiße, der beste Sex meines Lebens.

»Lauf, Lauf, Lauf!« Die Rufe der Zuschauer, die Schreie meiner Teamkollegen nahm ich wie im Nebel war. Das war immer so. Mein Ziel war klar, und mich würde - vor allem heute - keiner aufhalten. Auch wenn es unmöglich war, ich stellte mir vor, nur sie, nur ihre Stimme zu hören ...

Ich rannte, bis es nicht mehr nötig war, und die Menge sprang auf, meine Teamkollegen rannten auf mich zu und feierten, dass wir wieder gewonnen hatten.

Touchdown! Jawohl!!!

Ich riss mir den Helm von meinem schweißnassen Gesicht, während die letzten Teamkollegen mir auf die Schulter schlugen. Mein Blick suchte die Tribüne ab ...

In der dritten Reihe stand sie und klatschte mit diesem wunderschönen Lächeln, das sie mir mittlerweile jeden Tag schenkte. Wie immer trug sie Shirt und Jeans. Perfektes Bild, das meine Freundin dort abgab.

»Geiles Spiel, Alter. Lass uns mit unseren Weibern feiern gehen«, schlug Nick vor. Ich konnte aber einfach nicht wegsehen. »Ihr feiert wohl heute privat. Geschlossene Gesellschaft, was?«

Jetzt sah ich Nick an. »Was hast du gesagt?«

Er schüttelte grinsend den Kopf, während ich wieder zur Tribüne schaute und die Panik sofort Besitz von mir ergriff. Kelly stand bei ihr und hielt ihr ein Handy vors Gesicht. Was zum Teufel wollte sie von Amber?

Ambers Gesichtszüge verloren jeglichen Halt. *Das ist gar nicht gut.*

Kelly bewegte die Lippen, Amber starrte weiterhin auf das Display.

»Irgendwas stimmt da nicht.«

Ich versuchte mehr zu sehen, lief näher an sie heran. Aber es wurde schwieriger, weil immer mehr Leute mich beglückwünschen wollten und mir dabei auf die Schulter klopften.

Amber blickte plötzlich hoch und traf meinen Blick. Die Verletzung, die in ihren Augen zu sehen war, ließ meinen Puls noch höher schlagen als sonst.

Dann ließ sie Kelly zurück und verschwand.

»Fuck«, sagte ich und drängte mich schneller durch die Menschenmenge.

Wenige Augenblicke später kam ich bei Kelly an, die so liebreizend lächelte, dass es unmöglich aufrichtig gemeint sein konnte.

»Was für einen Scheiß hast du diesmal abgezogen?«, brüllte ich, was auch nötig war. Es war viel zu laut.

Sie zuckte mit der Schulter. »Ich habe ihr nur die Wahrheit gezeigt!«

»Die Wahrheit?«, fragte ich skeptisch und sie hielt mir wie zum Beweis das Display ihres Handys vor die Nase. Darauf war ich zu sehen. Schlafend. Kelly lag neben mir, grinste in die Kamera und fand sich dabei wohl besonders witzig.

»Was zum Teufel hast du da bitte fotografiert?« Sie trug mein Hemd. Das muss der Morgen gewesen sein, an dem sie sich in mein Zimmer geschlichen hatte. Winter hatte absolut recht. Kelly musste kapieren, dass das alles kein Scherz mehr war. Es reichte!

»Die einzige Sache, damit die Bitch endlich kapiert, dass du zu gut für sie bist!«

»Zu gut? Zu gut? Wenn jemand etwas Besseres verdient hat, dann ist es Amber, du dummes Miststück!« Ich suchte die Gegend ab. Amber war nicht zu sehen. Sie musste sonst was denken, bei diesem Foto.

Ich drehte mich noch mal im Kreis, fand sie aber nicht.

»Blake.« Kelly berührte meinen Ellbogen. Wutentbrannt starrte ich diese Schlampe vor mir an. Sie ließ mich sofort wieder los. »Versteh das doch. Dir liegt die Welt zu Füßen. Du wirst mal in der NFL spielen, du brauchst eine Frau neben dir, die weiß, wie der Hase läuft.«

Ich grinste.

»Die Einzige, die mir zu sagen hat, wie der Hase läuft, ist die Frau, der du gerade irgendeinen Rotz gezeigt hast, der niemals mehr passieren wird. Sieh es ein, Kelly. Ich habe dir noch nie gehört. Und ich warne dich schon mal vor, wenn Amber mir nicht glaubt, wird das letzte halbe Jahr die Hölle auf Erden für dich.«

Sie bekam feuchte Augen, aber das war gerade mein verdammt geringstes Problem. Wo steckte Amber?

AMBER

Erst dachte ich an einen schlechten Scherz. Ein altes Foto oder sogar Photoshop. Aber es war doch real gewesen. Ich erkannte es am Hemd, das er an dem Abend angezogen hatte, und an Kellys Kette, die sie auf der Mottoparty getragen hatte. Und beides trug sie, nicht Blake!

Er musste mit ihr geschlafen haben! Nachdem er mit mir Sex hatte!

Nein, das war mehr als Sex. Das, was wir hatten. Ja das Wort »hatten« traf es ganz gut.

Ich lief heulend über den vollen Parkplatz. Wie peinlich war das denn bitte? Nur vereinzelt liefen ein paar Studenten herum. Sie jubelten vermutlich alle noch dem Star des heutigen Spiels zu. *Wunder. Toll.*

»Amber!«

Ich lief trotzig weiter, hoffte, dass ich mich verhört hatte, als ich an der Ampel ankam. Doch Fehlanzeige, Mr. Quarterback holte mich wie selbstverständlich ein.

»Egal was du gesehen hast ... es ist nicht so, wie du denkst.«

Ich drehte mich um und schaute in sein schweiß-nasses, aber dennoch attraktives Gesicht. Er stand in voller Footballmontur hier. Der Kerl musste doch fix und fertig sein. *Wow. Ich hab doch jetzt kein Mitleid mit dem Typ!*

»Ich glaube, das, was ich gesehen habe, ist mehr als genug.«

Er griff nach meiner Hand, die ich ihm entriss. Ich wollte weder von ihm berührt werden noch sollte er eine einzige Träne sehen, die ich wegen ihm vergießen würde.

»Sie war in meinem Zimmer, ja. Aber ich hab sie rausgeschmissen. Ich schwöre dir, da lief nichts.«

»Und das soll ich dir glauben?«

»Verdammt, Amber«, fuhr er sich verzweifelt durch sein nasses Haar.

»Lass es gut sein, Blake. Das hier war alles ... einfach sowieso eine ganz schlechte Idee!«

Wie Kelly bereits sagte. Ich gehörte nicht zu einem Quarterback.

Ich machte mich auf den Weg über die Straße, die sowieso gerade wenig befahren war.

»Ich dachte, du hasst Vorverurteilungen, Amber!«, rief er mir plötzlich zu. »Ganz traurige Nummer, die du hier abziehst!«

Er wollte mich provozieren, das war ja klar. *Du hasst Vorverurteilungen ...*

Stimmte das wirklich? Verurteilte ich ihn vorschnell?

»Herrgott, Amber!«, rief er mir zu, weil ich mich immer noch nicht umdrehte.

»Frag die Jungs. Winter und Nick waren dabei, als ich sie rausgeschmissen habe. Da ist nichts gelaufen! Meine Güte, ich war fix und fertig, weil wir zwei die Nacht miteinander verbracht haben. Meinst du, ich fass dann ausgerechnet Kelly an?«

Ich blieb an Ort und Stelle stehen, drehte mich um und feuerte selbst aus allen Rohren. »Du hast sie schon vorher angerührt!«

»Das ist Monate her! Und sie war unwichtig. Das ist sie immer gewesen. Warum sollte ich mir ausgerechnet Kelly aussuchen? Warum sie, wenn ich dich dadurch verlieren würde? Sag es mir.«

Ich lief ein paar Schritt auf ihn zu, blieb aber zwei Meter vor dem Bürgersteig stehen.

»Warum hast du mir nichts davon gesagt?«

»Scheiße, keine Ahnung. Weil nichts passiert ist. Weil Kelly nicht wichtig ist, weil ...«

»Sie ist hübsch und sie ist ...«

»Sie ist nicht du!«

Mit sanftem Blick schaute er mich an. Jetzt hielten sich die Tränen nicht mehr zurück. Es ging einfach nicht mehr. Blake hatte nichts getan, das mich verletzen würde. Kelly hatte es nur wieder geschafft, Zweifel zu säen.

»Frag Nick. Er würde dir ...«

»Er wohnt mit dir zusammen und ihr seid beste Freunde!«, konterte ich.

»Jepp, aber er mag dich meistens lieber als mich. Das kannst du mir glauben!« Er schnaubte und ich musste schmunzeln.

»Amber ...«

Wir hatten es beide nicht kommen sehen. Wie auch. Wir waren nur aufeinander fixiert, als ich auf der Straße stand und er mir vom Bürgersteig aus erklärte, dass ich mich umsonst aufregte.

»Pass auf!« Ich meinte noch Blakes Schrei gehört zu haben, aber vielleicht bildete ich mir das auch nur ein. Das Licht blendete mich, als der Wagen direkt auf mich zuraste. Ich wartete auf den Knall, den Schmerz … und er kam, aber anders als erwartet. Ich fiel auf den Asphalt und hörte etwas anderes … einen dumpfen Schlag, als wäre etwas auf die Motorhaube geflogen … jemand anderes angefahren worden.

»Nein!«, schrie Blake.

Ich spürte den Schmerz in meinem Ellenbogen, dennoch musste ich hinsehen. Blake hatte mich zur Seite geschubst und wurde frontal erfasst. Er lag mehrere Meter von mir entfernt und bewegte sich nicht.

»Nein. Nein. Nein!«

Ich zischte vor Schmerz auf, aber kam dennoch auf meine Beine.

Der Wagen stand direkt neben mir, eine Frau kam aus dem Auto heraus.

»Oh Gott. Ich … ich hab ihn nicht gesehen, ich …«

»Rufen Sie einen verdammten Krankenwagen«, schrie ich sie panisch an und rannte zu Blake. Zu Blake, der mich aus der Gefahr geschubst hatte, um selbst angefahren zu werden.

»Blake … Blake …«

Er lag auf dem Rücken. Sein Gesicht war schmerzverzerrt. Ich griff nach seinem Kopf und musterte ihn. Ich konnte kein Blut sehen. Das war gut. Wirklich gut.

»Du bist … du bist angefahren worden. Du … hast du Schmerzen? Baby, geht es dir gut?«

»Hey.« Ich ignorierte seine raue Stimme und tastete ihn am Bauch ab. Es war schwierig, da er immer noch seine Footballausrüstung trug. Vermutlich hatte sie ihm das Leben gerettet. Auch wenn ich absolut keine Ahnung von medizinischen Dingen hatte, wollte ich wissen, ob es ihm gut ging.

»Amber!«

Er griff meine Hände, damit ich aufhörte wie bescheuert an ihm herumzudoktern. Dann suchte er meinen Blick, den ich dann auch erwiderte.

»Es hat mich nicht so schlimm erwischt. Alles wird gut.« Erst jetzt bemerkte ich mein Zittern und meine Panik.

»Ach, du Scheiße! Blake!« Nick kam angerannt, dann folgten noch andere, denen ich aber keine Aufmerksamkeit schenkte.

»Fuck. Dein Bein.«

Erst jetzt blickten Blake und ich hinunter und ich erbleichte. Sein linker Fuß zeigte unmenschlich verdreht in die entgegengesetzte Richtung.

»Oh, mein Gott«, flüsterte ich schockiert.

BLAKE

»Das Kreuzband ist gerissen, Mr. Michaels. Das Bein mehrfach gebrochen. Sie werden eine lange Zeit auf Krücken laufen. Wenn wir frühzeitig über Reha-Maßnahmen reden, dann könnten wir auch wieder über eine Karriere im Football nachdenken, aber erst einmal müssen wir dafür sorgen, dass Sie bestens versorgt sind, und ...« Die Worte des Arztes gingen mir nicht mehr aus dem Kopf.

Nie hatte ich mir Gedanken darüber gemacht, dass jetzt schon alles für mich vorbei wäre. Ich hatte noch auf diese letzte Saison gehofft. Aber der Kerl da oben sah das anders und wenn das der Preis war, dass es Amber gut ging, dann würde ich ihn bezahlen.

Ich legte mich endlich in mein Krankenbett, auch wenn ich am liebsten in meinem eigenen schlafen würde. Vorzugsweise mit Amber. Wo war sie? Nick war schon hier, unterhielt sich mit Winter, während ich auf das CT-Ergebnis warten musste. Aber Amber? Sie verließ mich erst, nachdem ich sie bat, sich auch untersuchen zu lassen. Was, wenn sie schwerer verletzt war, als gedacht?

Fuck ey.

Ich hatte ein Einzelzimmer bekommen, und deswegen pisste mich diese Ruhe gerade an.

Plötzlich ging die Tür auf und mein ... verdammter Dad kam mit großen Schritten auf mich zu. Natürlich wieder im Anzug und teurem Mantel.

»Wie zum Teufel konnte das passieren? Warte, es war wegen dieses Mädchens, nicht? Direktor Straightfort hat es mir schon mitgeteilt.«

»Du hast schon mit dem Direx gesprochen?«

Er blickte auf seine Rolex, seufzte dann. »Natürlich. Wenn mein einziger Sohn überfahren wird, will ich wissen, wie das passieren konnte. Du bist ihr bester Mann seit ... immer. Da setze ich voraus ...«

»Dad, ich werde nicht ...«

»Das wird schon. Dr. Adinburg hat gesagt, dass ...«

»Mein Arzt?«, fragte ich verwirrt nach.

»Ich muss wissen, wie es nun weitergeht. Und wir vergessen gleich mal diese Sache mit der Kleinen.« Er legte seinen Mantel ab und spielte mit seinem verdammten Blackberry herum. Ich verabscheute dieses Teil und noch mehr hasste ich es, dass er anscheinend Amber mit »der Kleinen« meinte.

»Ich hab dich angerufen. Mehrmals«, fing ich das Gespräch an. Natürlich fragte er nicht, wie es mir ging. Das wusste er vermutlich dank Dr. Adinburg besser als ich selbst.

»Hast du? Ich war beschäftigt, da ist dieser Fall ...«

Er redete, während ich wieder abschaltete. Das tat er immer. Es gab immer »diesen einen wichtigen Fall«. Aber heute hatte ich keinen Bock auf den Scheiß. Dad und ich hatten uns seit wie viel Monaten nicht mehr gesehen? Sechs? Und das Einzige, was den Kerl interessierte war, ob ich wieder einen auf Star-Quarterback machte oder nicht ... wobei es für meinen Dad kein

»oder« gab. Ich würde wieder spielen, so sein Gedanke. Aber nicht mehr mit mir.

»Dad! Ich ...«

»Mmh ...« Er sah von seinem Blackberry auf.

»Ich werde nicht mehr spielen.«

»Was redest du denn da? Natürlich wirst du spielen. Dr. Adinburg hat gesagt ...«

»Mir ist scheißegal, was der Arzt sagt. Ich werde nicht mehr spielen. Das hab ich schon vor dem Unfall so entschieden.«

»Wovon sprichst du? Bist du auch auf den Kopf gefallen? Hat man dich nicht richtig durchgecheckt?«

Dad wirkte völlig verwirrt und glaubte mir kein Stück. Es war schon fast witzig mit anzusehen.

»Mir geht es gut. Ich will einfach nicht mehr spielen. Das ist nichts für mich, ich ...«

»Das ist nichts für dich?«, murmelte Dad. Wenn er mal nicht wie der versnobte Anwalt schaute, konnte ich meine eigene Ähnlichkeit zu ihm erkennen. Er trug dieselbe Haarfarbe wie ich und war genauso groß wie ich.

»Erst sagst du mir kurz nach der Highschool, dass du nicht Anwalt werden willst, und jetzt willst du nicht mal mehr das tun, was du als einziges überhaupt gut kannst? Bist du ... ist es wegen des Mädchens? Hat sie dich gezwungen aufzuhören? Sag mir nicht, dass du dich absichtlich hast verletzen lassen. Blake, das Mädchen hat dir den Verstand ...«

»Es reicht!« Ich hatte nie Probleme, meinem Dad mal die Meinung zu geigen, hier ging es aber schon die ganze Zeit nicht mehr darum, ihm zu sagen, wie beschissen er als Vater war. Hier ging es darum, dass er verstand, wie es nicht mehr laufen würde. »Ich drohe dir ungern, Dad. Aber wenn du noch einmal die Frau beleidigst, die mir alles bedeutet, dann kannst du gleich durch die Tür gehen.«

»Blake ...«

»Ich liebe Football. Aber mehr liebe ich es, Spielzüge zu planen, Strategien zu entwickeln, um es den Jungs auf dem Feld einfacher zu machen. Ich bin ein Stratege, Dad. Kein Spieler.«

»Du meinst das ernst?«

Ich nickte und versuchte mich richtig aufzusetzen. Das Nachthemd spannte, die Schiene um mein Bein drückte. Da half auch nichts, dass die Infusion in meinem Arm die Schmerzen lindern sollte. Was auch immer mir sie darüber verabreichten. Es half nur bedingt.

»Ich hab mit dem Coach geredet. Nach dem Abschluss werde ich meinen Trainerschein machen, und ...«

»Wie bitte? Du ziehst das wirklich durch?« Unglaube. Verzweiflung. Wut. Alles spiegelte sich in den Augen meines Dads wieder.

»Jepp. Du kannst jetzt angepisst sein oder du akzeptierst es, wie ein Anwalt, der weiß, wann er verloren hat.«

Dad sagte nichts mehr. Es dauerte keine zehn Sekunden, dann war er auch wieder verschwunden.

Er war nicht ganz draußen, da griff ich schon nach meinem Handy und rief Amber an. Es klingelte eine ganze Weile, bis sie endlich ranging.

»Geht es dir gut?«, fragte sie mich sofort.

»Ja, verdammt! Nur leider ist meine Freundin noch nicht hier, und ohne sie drehe ich hier durch.«

»Schrei mich nicht so an, du Blödmann. Ich habe ...«

Die Tür öffnete sich und Amber kam mit einer Dose Coke und einer Tüte herein. Mein Blick fiel sofort auf den Verband an ihrem Ellenbogen, aber sonst schien sie unverletzt. Die Erleichterung darüber kam sofort.

»... dir noch ein paar Kleinigkeiten besorgt.«

Sie stellte die Tüte und die Dose auf meinem Beistelltisch ab.

»Wie geht es dir?« Sie setzte sich neben mich auf das Bett. »Nick hat mir schon alles erzählt. Wie ... wie gehst du damit um, dass du erst mal nicht mehr spielen kannst? Oh Gott, es ist alles meine Schuld.« Sie fuhr sich durch ihr langes Haar. Vorhin trug sie noch einen Zopf. Allein dass sie jetzt hier bei mir saß, tat mir in der Seele gut.

»Hey. Es ist nicht ...« Ich wollte sie berühren, sie beruhigen, aber Amber wedelte schon mit den Händen herum.

»Sag mir nicht, dass es nicht meine Schuld wäre. Ich stand mitten auf der Straße. Verdammt, welcher geistig gesunde Mensch steht denn da rum und denkt sich nichts dabei?«

Es war wirklich süß, wenn Amber sich in Rage redete.

»Du, ich will dir nicht widersprechen, aber ...«

Sie funkelte mich wütend an, ich grinste schief und griff mir ihre Hände. Obwohl sie immer diejenige von uns war, die warme Hände hatte, waren sie heute kalt wie eine Eisskulptur.

»Ich hab dich zur Seite geschubst, weil ich dich retten wollte, Honey. Statt dir Vorwürfe zu machen, solltest du mich als Held feiern.« Ich rollte übertrieben mit den Augen, und sie liebte es. Amber lachte.

Auf einmal suchte sie in ihrer Hosentasche, kramte ihr Handy heraus und nahm den Anruf an. Sie hatte es wohl auf stumm geschaltet.

»Hey, Mom!« Sie stand auf und entfernte sich etwas. »Ja, danke ... uns geht's gut.« Auch wenn sie log, dass sie »uns« erwähnte, war ein verdammt gutes Gefühl. »Was? Wie?« Sie drehte sich zu mir um und musterte mich kritisch. »Ach wirklich? Eine Spende sagst du ...«

Oho ...

»Ja, ich freu mich. Zoe braucht das. Du, ich ruf dich morgen an, okay. Dann hab ich mehr Zeit ... ja, du auch. Bis morgen.« Sie steckte ihr Handy weg, und bevor sie mir zuvor kam, erklärte ich ihr alles.

»Es ist wirklich eine Spende. Mehr nicht.«

»Du hast dafür gesorgt, dass Zoe einen Betreuungs-platz bekommt.« Sie klang nicht vorwurfsvoll, eher fragend. Ich nickte. Dennoch wartete ich auf den Aus-raster oder ihr Geschrei. »Und der Platz ist für fünf Jahre bezahlt. Bist du völlig verrückt geworden? Das Geld gehörte dir!«

»Ja, es gehörte mir, und ich darf damit machen, was ich will. Sollte ich lieber Partys damit feiern, die mich einen Dreck interessieren? Oder weiter studie-ren, obwohl ich das gar nicht will? Zoe, deine Mom, du ... ihr habt mehr als dieses Geld verdient. Ich habe mir die Einrichtung angesehen, und ...«

»Du warst in der Einrichtung für autistische Men-schen?« Sie setzte sich wieder an mein Bett und hörte mir interessiert zu.

»Ich wollte zumindest wissen, wohin mein Geld fließt. Einige, nicht nur Zoe, werden die Chance bekom-men, die Therapien und die Betreuungsmöglichkeiten zu nutzen. Das heißt natürlich nicht, dass sie nicht mehr zu euch kann. Aber es entlastet deine Mom und dich. Bist du ... sauer?«

Sie weinte und schüttelte den Kopf dabei. Am liebsten hätte ich sie in den Arm genommen, mir auf den Schoß gesetzt, damit ich sie spüren konnte. Damit sie mich spüren konnte. Aber diese verdammte Schiene war so sperrig.

»Ich bin nicht sauer. Ich ... weiß nur nicht, was ich sagen soll«, schluchzte sie. »Toll. Jetzt heul ich hier herum, und du bist derjenige, der hier im Krankenhaus liegt.«

»Nur bis morgen, dann komm ich wieder zum Campus.«

»Wie? Du ... du musst doch in die Reha.«

Ich schüttelte den Kopf. »Die Reha wäre eh später dran gewesen, aber ich gehe nicht mehr aufs Feld.«

»Oh, Gott. Du kannst nicht mehr spielen!« Ihre Augen wurden riesengroß.

»Ich könnte, ich will aber nicht mehr.« Jetzt war sie nicht nur geschockt. Amber war sprachlos.

»Nach dem Abschluss mach ich meinen Trainerschein. Ich will ...«

»Du wirst das wirklich durchziehen? Was ist mit deinem Dad?«

»Der ist angepisst und wird sich auch wieder beruhigen.« Ich lächelte sie zuversichtlich an.

»Was hat dich dazu bewogen?«

»Du.«

»Ich hab doch nichts gesagt.«

»Du hast genug gesagt.« Ich strich ihr über den Handrücken. »Du hast verdammt viel in mir verändert,

Amber. Einfach, weil du die bist, die du … bist.« Anders konnte ich es ihr nicht erklären, und sie lächelte.

»Das hast du ganz allein geschafft, Blake. Ich bin stolz auf dich.« Dann umarmte sie mich und das war alles, was ich brauchte.

Kein Spiel, nicht Hunderte von Leuten, die mir zujubelten. Ich brauchte einfach Amber.

BLAKE

»Honey, leg das Buch zur Seite und konzentrier dich auf mich«, brummte ich und küsste ihren Nacken. Ihre Haut bildete eine Gänsehaut, sie zuckte leicht zusammen, aber das war es auch schon. Das Buch war interessanter.

Wir saßen wie üblich auf unseren Plätzen in der Mensa. Es waren die letzten Tage vor unserem Abschluss. Es war eine ruhige Zeit geworden, die ich mit meiner besseren Hälfte genießen konnte.

Das Knie und das Bein schmerzten ab und an bei schlechtem Wetter. Dennoch war von dem Unfall nicht mehr viel übrig geblieben außer der fetten Narbe.

Mein Dad akzeptierte so langsam meine Entscheidung. Zumindest war er nicht so angepisst, dass er sich weiterhin über mich aufregte. Er hatte damals akzeptiert, dass ich kein Anwalt wie er werden würde. Irgendwann würde er einsehen, dass sein Sohn einfach ein Footballtrainer werden wollte.

Zoe liebte die Betreuung. Jedes Mal erzählte sie mir Neues und mein Mädchen grinste immer so zufrieden, wenn wir ihre Mom und ihre Schwester besuchten. Auch wenn meine Familie ein trauriger Haufen war, war ihre einfach nur wunderbar!

»Nur noch das letzte Kapitel«, antwortete sie mir.

Dann eben andere Geschütze. Ich wollte bis heute Abend warten, aber es wurde Zeit, die Fakten auf den Tisch zu hauen.

»Hier.« Ich zeigte ihr auf meinem Handy die Sache, die mich schon eine ganze Weile beschäftigte.

»Was ist das?«, fragte Amber argwöhnisch.

»Das, meine Einser-Studentin, ist ein Apartment. Drei Zimmer, 80 Quadratmeter.«

»San Francisco?«, stellte sie weiter Fragen.

»Jepp. Am Stadtrand. Bis zu deiner Mom sind es weniger als dreißig Minuten. Was hältst du davon?« Perfekter Ort. Für Sie. Für mich. Für uns. Ich würde meinen Trainerschein machen können, und sie konnte ihre Ausbildung zur Lehrerin weiter fortführen.

»Was halte ich wovon?«

»Verarsch mich nicht. Magst du sie oder nicht? Du musst sie mögen. Du wirst dort wohnen. Mit mir, versteht sich.«

Sie biss sich auf die Unterlippe und schien wirklich unschlüssig zu sein, dann grinste sie glücklich, küsste mich und schlang ihre Arme um meinen Hals.

»Das ist ein Ja, oder?«, hakte ich zur Vorsicht nochmal nach.

»Ja. Ja. Ja.« Sie kicherte, ich drückte sie noch näher an mich.

»Oh, mein Gott. Ihr werdet heiraten!«

Jill stand vor uns, und schien tatsächlich darauf zu warten, eine Antwort von uns zu bekommen.

»Baby. Ich glaube nicht ...« Nick saß neben uns und versuchte ihr klarzumachen, dass sie völlig daneben lag.

»Heiraten? Oh nein«, lachte Amber viel zu laut und viel zu künstlich.

»Entschuldigung? Wäre es so schlimm, wenn du mich heiratest, oder was?«

Dass mich das ziemlich annervte, brauchte ich wohl nicht zu sagen.

»Nein, aber du bist sicher kein Typ fürs Heiraten.«

»Meinst du!«

»Alter«, warnte Nick mich, und ja, ich hätte ihr fast gesagt, dass ich vorhatte, ihr in unserem neuen Apartment einen Ring an den Finger zu stecken. Aber es wäre mir nur fast herausgerutscht.

Ich spürte Ambers durchdringenden Blick, ich starrte aber lieber die Decke an, als ein lauter Fluch ausgesprochen wurde. Wir alle drehten uns zum Eingang der Mensa. Dort stand Winter. Bedeckt mit ... jemand hatte den Eimer über die Tür gehängt ... so wie Winter damals bei Amber.

»Scheiße, was ist das?«, fragte ich, während die meisten Leute ihn einfach nur wegen seines Aussehens auslachten.

»Currypaste. Vermischt mit Wasser. Es dürfte nicht zu sehr brennen«, erklärte meine Freundin mir. Nick, Jill und ich starrten sie an, als wäre sie gerade nackt.

»Was? Ich hatte noch etwas übrig.« Wir alle bemerkten es. Sie sprach den gleichen Satz wie Winter während der Sache mit der Soße.

»Fuck. Brennt das!«, rief Winter und rieb sich die Augen. Die braune zähe Maße sickerte ihm wohl gerade in sämtliche Poren. Und dennoch konnte ich mir ein Lachen nicht verkneifen.

»Böse, Amber. Böse«, kommentierte Nick die Aktion meiner Freundin.

»Ich find's toll. Hat er verdient!« Jill setzte sich kichernd auf Nicks Schoß und so saßen wir hier alle zusammen.

Ich schnupperte an ihrem Haar, das mich immer so verdammt beruhigte. Amber saß bei mir, Winter war voller Currypaste. Besser ging es wohl kaum. Obwohl ... wenn sie erst meinen Ring am Finger trug, wäre das Leben perfekt.

Ende

NACHWORT

Diese Geschichte bezieht sich nicht nur auf Amber und Blake. Sie soll auch zeigen, was leider Alltag ist. Mobben gehört zum Leben dazu. Für mich war es wichtig aufzuzeigen, wie man es auch anders machen kann. Amber hat durch ihre Schwester gelernt, dass »anders« sein nicht bedeutet, schlechter zu sein. Und dafür kämpft sie. Dafür liebe ich die beiden!

Egal wer euch ärgert. Egal, wen ihr ärgert. Denkt immer daran, dass wir alle Menschen sind.

Nick und Winter werden übrigens auch ein eigenes Buch bekommen, um euch ihre Story zu erzählen!

Ich danke dir, mein großer Junge. Du zeigst mir jeden Tag, wie schön die Welt sein kann, wenn man sie mit deinen unschuldigen Augen betrachtet. Du denkst nicht darüber nach, wie oberflächlich die Welt sein kann. Du bist einfach glücklich und verurteilst niemanden! Ich liebe dich dafür, das du »anders« bist. Denn nur so, nimmst du die Welt, wie sie ist!

Danke dir, Kai. Für deine Geduld und für deine Unterstützung. Wenn du nicht wärst, Babysitter spielst, organisierst, machst und tust, gäbe es Emma nicht. Ich liebe dich.

Und dann kommen wir schon zu meinen Lesern! Ihr macht aus mir die Autorin, die ich sein möchte. Ihr inspiriert mich, neue Herausforderungen anzunehmen, meine Ideen fließen zu lassen und Themen anzusprechen, dir mir wichtig sind. Danke.

Anja & Coco
Sehr sehr wichtige Menschen seid ihr für mich geworden. Ob als Freundinnen, Testleserinnen oder Quatschtanten. Ihr unterstützt mich und macht, ohne zu fordern. Ich finde, eine Selbstverständlichkeit ist das nicht. Ich danke euch für eure Unterstützung.

Sam & Sarah
Was täte ich nur ohne die täglichen Nachrichten? Genau. Ich will es auch nicht wissen :-)
Danke. Danke. Danke!

Nadine
Vielen Dank, dass du einfach da bist. Mit allem was du hast, kümmerst du dich um Dinge, die meiner Seele verdammt gut tun.^^

Vielen lieben Dank an das Lektorat und die Korrektur! Ihr habt wieder eine Glanzleistung abgegeben und ohne euch würde es die Story so nicht geben. Ein schrecklicher Gedanke, finde ich!

Sabrina, das beste Cover bisher von dir!
Du zauberst aber auch immer die schönsten Cover!

Eure
Emma

WEITERE WERKE DER AUTORIN

Die Chances-Reihe:
Second Chance
One more Chance
Last Chance

Die Aftershocks-Reihe:
Divorces with Aftershocks
Love with Aftershocks

Looking for more

Annie & Logan

Die Side Effects-Reihe:
Side Effects - Lebe, als wenn es kein Morgen gibt
Side Effects - Liebe, als wenn es kein Morgen gibt
(erscheint im Sommer 2017)

Be with you - weil es dich gibt
Be with you - Solange du mich liebst
Again & Again - Immer nur wir
Save me - weil du mich liebst
Back to you - Nie mehr ohne dich (erscheint 2017)

Mr. Coffee & Ms. Caramel

Weitere Infos findet ihr
auch auf Emmas Facebookseite:
https://www.facebook.com/EmmaSmithAutorin/